沢里裕二

処女刑事

大阪バイブレーション

実業之日本社

実業之日本社文庫

目次

主な登場人物

朝野波留《あさのはる》……浪花八分署・交通課のミニパトガール

戸田恵里《とだえり》……浪花八分署・交通課のミニパトガール。波留の先輩

田中杏樹《たなかあんじゅ》……神戸三十九分署・通訳職員

若林正樹《わかばやしまさき》……浪花八分署・交通課のベテラン警部補

林　勇樹《はやしゆうき》……ＣＩＡジャパン諜報員

菱田三男《ひしだみつお》……後醍醐自動車前社長。関東保守会議・副議長

綾部剛一《あやべごういち》……ペンライトの香具師《テキヤ》

〈性活安全課〉

真木洋子《まきひろこ》……性活安全課課長。キャリア

松重豊幸《まつしげとよゆき》……新宿七分署・組織犯罪対策課出身のベテラン刑事

上原亜矢《うえはらあや》……新宿七分署・生活安全課出身の元万引き担当

小栗順平《おぐりじゅんぺい》……新宿七分署出身のＩＴ担当捜査官

岡崎雄三《おかざきゆうぞう》……警視庁公安部外事課からの出向。キャリア

相川将太《あいかわしょうた》……新宿七分署・地域課出身。元交番勤務

新垣唯子《あらがきゆいこ》……新宿七分署・庶務課出身

処女刑事

─大阪バイブレーション─

序章　大阪新構想

1

八月二十九日。月曜の夜だった。夜十時を過ぎても外はまだ蒸し暑そうで、ホテルの部屋の窓下《そうか》に広がる街には、汗みどろの酔客たちが溢《あふ》れかえっていた。怒鳴り合う若者たちや、身体《からだ》を絡めてホテルのほうへ急ぐ中年の男女がいる。路上だというのに、キスをするだけでは飽き足らず、身体をまさぐり合っている男女までいた。

もともと大阪ほど猥雑《わいざつ》な町はない。しかもスケベだ。

これから、この町をさらに淫《みだ》らな名所へと変えてやろう。

菱田三男《ひしだみつお》は、そう胸底で呟《つぶや》きながら、窓際から応接セットのほうへと、足を向けた。

　ソファに腰をおろした若手政治家がウイスキーを飲んでいる。昨年までこの街の市長だった男だ。

「なぁ菱田さん。住民投票というやつは、怖いなぁ。イギリスのＥＵ離脱。あれは大失敗やった。俺も直接投票なんてやるんやなかった。そしたら、まだまだ大阪都構想で、引っ張れていたかもしれん。なんでもシロクロ付けたがるのは、俺の悪い癖や」

　財界として、もっとも気になっていたこの先鋭的な政治家が、ようやく再始動しようとしていた。

　前市長は、新たな打ち上げ花火を模索しているようだが、それを後押しするのが、関東保守会議の副議長である菱田の役目だった。

「代表、できるだけ派手なアドバルーンをぶち上げたほうがいい」

　菱田は前市長の真向かいに座り、みずからもウイスキーボトルを手に取った。

　生粋の浪花《なにわ》っ子であるこの政治家は、大阪を代表する洋酒メーカーのウイスキーしか口にしない。それもシングルモルトと決めているのだ。

　すべてに一直線なタイプだ。

菱田も一口飲む。

丸みのあるグレーンモルトとは違う、ピリッとした刺激が舌に走る。目の前の少《しょう》壮《そう》政治家の持ち味にそっくりだと菱田は思った。

「しかし菱田さんも、運が悪かったですね。景気がようやく回復してきたというのに、つまらん不祥事に見舞われた……どこの社でもやっていることやのに」

前市長が人懐こい笑顔を浮かべながら尋ねてくる。

「いやいや、私などはしょせんサラリーマン社長。社長に昇り詰めるのも運なら、一期ももたずに退任に追い込まれるのも運。組織内競争とはそういうものです」

菱田は半年前に自社の燃費偽装を暴露され、その真相をうやむやにしたまま社長を辞任していた。

もちろん本意ではない。

財界、政界の双方から早期の幕引きを要請されたので、しかたなく辞任の道を選んだのだ。

マスコミというのは、事件の本質よりも経営者の責任をもって報道に区切りをつける習性がある。菱田としては政財界を代表して首を差し出したと思っている。

「それでも菱田さん……財界の裏番頭に就任した。たいしたものですね」

前市長の眼が鋭く光った。

菱田は辞任した見返りとして、財界と政界の合同団体『関東保守会議』の副議長のポストをもらっていた。

もっとも役目は政界工作で、同時に財界の裏社会対策の役目も引き受けることになった。

菱田はグラスを持ったまま、再び立ち上がり、窓際に立った。

人目を避けて会談するために梅田《うめだ》の小さなホテルで会っていた。

菱田が社長を務めていた自動車メーカーでは燃費偽装が発覚するなり、闇社会の人間たちからの攻撃を受けていた。

同じ関東保守会議の幹事会社である朝霧《あさぎり》建設も、マンション建設における耐震構造の数値偽装が発覚したために、恫喝《どうかつ》を受けている。

闇勢力をなんとかせねばならなかった。

正式な賠償や裁判であれば、財界の老舗《しにせ》同士の相互扶助によって乗り切れる。

しかし、闇社会からの恫喝には、それなりのバーターが必要だった。

菱田はその極道たちへの利権を引き出すために、こうして大阪までやって来ているのだ。

「代表、この辺りも、ずいぶんと生まれ変わりましたな」

梅北《うめきた》開発が進んで、町は大きな変貌を遂げていた。

開発を始めたのは、大阪が五輪招致に燃えていた頃だ。

大阪は二〇〇八年の五輪開催に手を上げていたのだ。無謀な挑戦だった。住民のコンセンサスを得ないまま突っ走った招致活動はさっぱり盛り上がらなかった。

二〇〇一年のことだ。大阪にやって来た国際オリンピック委員会（ＩＯＣ）の視察団を乗せたバスは何度も渋滞に巻き込まれるという醜態を演じ、哀れな幕切れとなった。

それもそのはずである。

あのときの大阪は、道路整備以上にＩＯＣの視線から隠さなければならないものがあったのだ。

街にあふれかえる性風俗の撤去である。

市当局はそのことに夢中になりすぎて、道路整理や環境整備などはすべて後回しにしたのだ。関東財界から見れば、吉本新喜劇を地で行くような、ドタバタ劇に見えた。

同年のＩＯＣの決定は北京《ペキン》。

もっとも二〇〇八年に大阪五輪が開催されていれば、二〇二〇年の東京五輪はなかったはずだ。

結果、首位東京と二位大阪の差はさらに大きく開くことになった。

「代表、この街はきれいになりすぎたんじゃありませんか。これではいけない。大阪は整理整頓なんかされないほうがいいのですよ」

菱田が切り出した。

バブル期までは、キタやミナミのあちこちにヘルス、ノーパン喫茶、覗《のぞ》きバーが存在し、そこかしこを歩き回る娼婦《しょうふ》とぽん引きなどが、いたものだ。

これらを市当局は一九九八年ごろから一斉に排除し始めたのだ。

ＩＯＣの眼から隠してしまいたかったからだ。

風俗を追い出すための条例が次々と発令され、裏取引も実施された。

結果、街は見た目以上に健全になった。

それがこの街の活力を奪った。菱田たち財界はそういうコンセプトを打ち立てていた。

本音は闇勢力に再び利権を与えるためである。

「僕もそう思ってる。大阪はスケベな街やないとな……」

前市長はそう答えると、ネクタイを緩めながら立ち上がり、菱田の隣へとやってきた。窓辺に並んで梅田の街を見下ろした。

タイガースのキャップを被《かぶ》った中年が、くわえ煙草《たばこ》で地べたに座っている。傍らにカップ酒を置き「六甲おろし」を歌っていた。

その前を、酒に酔っているらしき男女四人組のグループが大声を上げながら通り過ぎた。

いずれもまだ二十代の会社員に見える。

男のひとりがタイトスカートのＯＬの尻を撫《な》でた。

振り向いたＯＬが思い切り頬を張っている。浪花娘は気が強い。

それでも男は性懲りもなく、右手を伸ばし、女のバストを摑《つか》んだ。たいした根性だ。きつく摑んで、揉《も》みしだいている。

菱田は、男がもう一発張られるのを期待した。

ところが驚いたことに、女の顔がうっとりとなったようだった。気のせいかもしれないが、そう見える。

次の瞬間、女は男に抱き付いた。みずからキスを求めはじめたのだ。

仲間のもう一組の男女は、どんどん梅田駅のほうへと進んでしまっていた。

キスをしたカップルはビルの谷間に入り、いきなりまさぐり合い始めた。

菱田は前市長と共に、無言でこの様子を眺めていた。菱田たちの位置からは、このビルの谷間がよく見えた。

ショートカットの女の黒のタイトスカートがめくれあがり、白っぽいショーツが見えてきた。男の手がそのショーツの中に入る。女が肩を震わせ、短く叫んだようだった。

ふたりの息遣いまで聞こえてきそうだ。

菱田は喉を鳴らした。前市長も唇を舐《な》めている。

「代表、あの猥雑さが、大阪の活力なのでは」

「せやなぁ。そうかもしれんなぁ」

前市長が菱田の顔をちらりと見た。

政界復帰のために、資金と新たなアドバルーンを求めているのは明白だった。

「そもそも大阪は商都ですな。商都には政都とは別なやり方があるはず」

菱田は言葉を慎重に選びながら、話を振った。

「そうなんや。都構想はたしかに大阪人の矜持《きょうじ》に訴えたものやったけど、この街の人は、儲《もう》かることにしか興味もたへん」

前市長が苦笑した。

「私たちはミナミのマカオ化計画というのを考えています」

菱田は関東保守会議の腹案を伝えた。前市長の眉根がピクリと動くのがわかった。

「ほほう、それはおもろいが、東京も台場《だいば》に計画をしてるやないですか。また二番煎じになってしまいまへんか」

「台場はラスベガス計画です。真っ平らな土地に、あらたに、カジノリゾートを作り上げる計画ですが、しょせん特定複合観光施設区域整備推進法案が通らない限り、着手もできません」

別名カジノ推進法案だ。

「大阪かて、国がカジノ法を認めへん限り、そこには手を出せへんやないですか」

前市長が怪訝《けげん》な表情を浮かべている。

菱田は切り返した。

「カジノ計画に対して、東京が手を付けようがないのに、大阪は準備を整えておくことが可能です。その過程で利益を上げるというのが、私たちの見立てで、すでに関西財界も賛同しています」

前市長がソファに戻った。

自分の頬を平手で二、三度、パンパンと叩《たた》いている。

「わかった。その事前に準備する案というのがミナミの改革なわけですな」

菱田も窓の下のカップルから目を離した。

女が片脚を大きくあげて、男を受け入れていた。接合点までは見えようがなかったが、女は徐々に狂乱して、みずから激しく腰を打ち返していた。

もっと見ていたかったが、仕事をせねばならなかった。菱田もソファに戻った。

「はい、ここに……私どもの提案書があります」

そういって鞄《かばん》の中からクリアファイルを取り出した。表紙に「大阪中央区再開発提案書」とラベルが貼ってある。

「ゼネコンだけが儲かる仕組みなら、議会がすぐに見抜きまっせ」

前市長が、胸ポケットから眼鏡《めがね》をとりだした。

「いいえ、私たちはミナミの景観に一切手を加えるつもりはありません」

「なるほど……」

前市長は熟読しはじめた。

この男、もともとは法律家である。世襲議員のように秘書任せになどせずとも、この程度の提案書なら官僚以上に裏を読む力がある。

鋭い視線で文字を追っていた。

計画書に並んだミナミ文化復権構想の美辞麗句の裏に隠れた実際の経済効果を読んでいるに違いない。

前市長が最後まで読み終えた。書類から上げた顔の表情が変わっていた。

「菱田さん、これは……」

あきらかに怒気を含んだいいかただった。この男には女性ファンも多い。一歩間違えば、その票をすべて失う可能性のある提案書だった。

「ご覧のように、私どもの提案はハコ物の施策ではありません」

「それより、ひどいわ」

「どうしてでしょうか。ほんの少し条例を変えていただくだけで済む要望です。議会で多数を握る御党なら、すぐに可決できます」

菱田は冷静に説明した。

「いやいや、これはエグ過ぎる。せやけど、僕の考えと一致する。この街は、太閤《たいこう》さんの時代から欲望を具現化する土地柄やからな」

斬新な政策を打ち出すことで知られる前市長である。

菱田はたたみかけた。

「代表。これらの条例のほとんどが大阪五輪招致運動の際に体面上できたものです。しょせん表面を取り繕うためだけでしかないのです」

「こんなエロい案、大企業の人たちが、口を挟むレベルのもんやとは思えませんが……」

前市長が薄ら笑いを浮かべている。本音は満足らしい。この清廉潔白に見える男が、裏では桃色事業に手を染めているということを、菱田は突き止めていた。

「いや代表、我々は商いの本質を見抜いているから、陳情するのです」

「菱田さん、あんた大阪は商都やといってくれはったが、これは性都計画に等しい」

前市長は人懐こい目で、菱田を見つめている。

「カジノを作る前に、その環境を備えた街づくりが必要なのです。迷っているうちに、東京にカジノが出来てしまいますよ。カジノが出来れば、そこは一大歓楽街になる。大阪はカジノ推進法が可決したときに、すぐにスタート可能となる街づくりをしておくべきです」

菱田は力説した。なんとしても通さなければならない改正案だった。

「たしかに、東京にカジノが出来たら、アベちゃんのひとり勝ちや」

前市長は唇を噛《か》んだ。

「ですから、ミナミ一帯の準備をしておくべきでしょう。建物はそのままでいい。まずは風俗の営業許可さえ下りればいいんです。あのあたりのネオンや看板なんてみんなカジノのイルミネーションみたいなものです」

「関東人にはそう見えはるのか」

「道頓堀《どうとんぼり》を歩いていて、私はうっかり広東《カントン》語を使いそうになりました」

「条例変えたら、儲かりまっか？」

「保証します。ミナミを歓楽街の王者に復帰させましょう」

菱田はローテーブルを叩いた。グラスに残っているウイスキーが激しく揺れた。

「よっしゃ。やろう。ミナミ地区の条例改正。それで大阪を元気にして、さらに阪神地区のフリーポート化を図ろう」

前市長の眼が野心に輝いた。阪神地区のフリーポート化。

それこそが、この男の真の狙いなのだ。前市長の率いる政党と神戸の日本最大の暴力団が十年前から進めている計画だ。

「この提案を可決していただければ、代表と御党の人気はすぐに息を吹き返します」

財界としても早めに噛んでおきたい案件だった。

「たしかに昼に動く金が行き詰まったら、真夜中の金に頼るしかないのが経済の道理……」

「その通りです。事前工作資金は、関東保守会議で賄《まかな》います」

「議会工作は承知した。あとは、よろしく頼むわ」

前市長が手を差し出してきた。菱田はしっかりと握り返した。

「こちらもすぐに動き出します。議会工作や役所へのオリエンテーションが始まれば、この件を嗅ぎ付けてくる輩《やから》も増える。その前にすべて、こちら側が手に入れておくつもりです」

「菱田さん、頼みます。地上げやなくて、ビルの借り上げが中心になるんでしょうが、見た目は穏便にやってください」

「はい、下請け業者をもう押さえておりますから、あくまでもアンダーグラウンドでやらせます」

その下請け業者が財界で相次いで発覚した各種の偽装疑惑の真相を握り、恫喝を仕掛けてきている相手だとは、伝えなかった。

前市長が出て行くと、菱田はすぐにスマホを取った。闇社会へ第一報を入れなければならない。これで恫喝は止まる。

窓の下を見ながら、前市長が出るのを待った。

ビルの谷間のカップルは消えていた。白いショーツが一枚落ちていた。

2

「じゃかましいわいっ。わしがここで何を売ろうが勝手やろが」

九月三日。土曜日。大阪環状線大正《たいしょう》駅前。

綾部《あやべ》剛一《ごういち》はコンサートスタッフの眼前に顔を突き出し、怒声を浴びせた。

サングラスを取り、コンクリートの上に叩きつける。カーンと音が響き、安物のサングラスが割れて飛び散った。

ふたり組のコンサートスタッフは、明らかに怯《おび》えた表情に変わった。

「話が違ってたら、一億、二億の詫《わ》びでは、すまへんでっ」

相手は警察の生安でも組対の刑事でもない。たかだかコンサートスタッフだ。それも主催者に雇われた法律事務所の調査員に過ぎない。

——怖ない。

すぐ目の前にある京セラドームでは間もなく男性アイドルグループのコンサートが行われようとしていた。

――開場二時間前のいまが最大の稼ぎ時だ。

「しかし、このペンライトには私どもの依頼者が管理しているタレント名が書かれています。すぐに撤去を願います」

銀縁眼鏡をかけた男が、綾部が手にしているペンライトを指さしていっている。

最近は芸能人の興行でも、すぐにこうした法律屋が、出てくる。

「ふざけとんのか。このグッズのどこが違法やねん、ええっ、こらっ、よう見ろっ、どこにおまえんとこのタレントの名前が書いてあるんじゃい」

叫んでいるそばから、ドームへと向かう女たちが、綾部の露店を通り抜けていく。

綾部の怒りは頂点に達していた。

なんとか、いまのうちに、女たちにペンライトを捌《さば》きたい。ドームの客入れが始まってしまえば、このあたりに溢れている女たちも一気に吸い取られてしまう。

不法売りは、それまでが勝負となる。

非公式タレントグッズを売ると見せているが、これはあくまで隠れ蓑《みの》にすぎない。

売っているのもペンライトのみ。本職の稼業の人間たちのように非合法に手に入れた写真などを使ったうちわやタオルは扱っていない。

これにはわけがある。

本職とは共存共栄だ。綾部はショバ代を勘弁してもらっている代わりに「いい写真」を回してやっていた。

ペンライトそのものの収益も綾部は重要視していない。価格は一本千円に設定しているが、いくらでも値引きする。

――とにかく女がペンライトを持って帰ってくれればいい。

これは頒布《はんぷ》に近い行為なのだ。

そうこうしている間にも、罠にはまりそうな女が、どんどん、通り過ぎていく。

「おまえらが主催するアイドルグループの名前なんて、どこにも書いてへんやろ。ええっ、ここに書いてあんのは、山と風やろ。ほら、ふたつの漢字が、ちゃんと離れてるやろがっ」

綾部は、コンサートスタッフの男たちに、ペンライトを突き出した。

相手のふたりが同時に後ずさりする。

「なぁ、あんちゃん、これは山風《やまふう》って読むんやで」

綾部は自分の胸をどんと叩いた。相手には触れていない。音だけは大きく鳴らして威嚇する。自分の肋骨《ろっこつ》が折れそうなぐらいに叩き続けた。

男たちに、その拳骨で、自分たちが殴られることを想像させるだけで充分だ。

「おぉお、どないしてくれんのや、あんたらが、いちゃもんつけてきたさかいに、売り時を逃がしてしもたやんか。あぁ、ぜんぶこれ買《こ》うてくれんのか？」

とどめは、ぶつからない程度に肩を突き出した。

「いや、しかし、それはどう見ても……一文字に見えるんですが」

主催者に相当きつくいわれているのだろう、ロイド眼鏡の男は、膝をがくがくと震わせながらも、あくまでも、職務を遂行しようとしていた。

「どこが違法なんや。わしの名前なぁ、山田風太《やまだふうた》ゆうんやで。略して山風《やまふう》ゆうて、どこがわるいんじゃい」

銀縁眼鏡の男がドームに戻って、主催者に説明するための、格好の言い訳のネタを与えてやった。この商売、押しと引きが肝心だ。

「わかりました。ほんとうに山田さんなんですね……」

銀縁眼鏡が恐怖に顔を歪《ゆが》めている。

「おぉっ、なんなら免許証でも見るかぁ。それで、わしがほんまに山田風太やったら、あんたら、この商品全部引き取る覚悟あるんやな」

綾部は胸ポケットから運転免許証を取り出すふりをした。入っているのは、イコカだが、いちおうケースに入れてある。

「いやいや結構です。わかりました。上の者には、そのように報告させてもらいますよって」

ふたりの調査員は引き上げていった。

綾部は気を取り直して、ふたたび声を張り上げた。

「どないやぁ。ペンライトどないやぁ。会場内で売ってるもんとは違うで。最新グッズやでぇ。ファンなら、これ持ってへんと、タレントさんにも怒られますでぇ」

口上に一切、ドームで公演をするタレント名は入れない。

――嘘《うそ》はあかんよって。

周囲から、クスクスと笑い声が聞こえる。客として京セラドームに向かう女たちが、笑っている。

若い女がひとり近づいてきた。ハーフのファッションモデルに似た女だった。目鼻立ちも整っていて、綾部は驚いた。

「ぜんぶ見物させてもろたわぁ。おにいさんの勝ちやな。そのグッズ、うち一本買うたる。五百円にまけてんか」

関西人はそれが模造品と分かっていても、面白グッズとして購入する。あいさつ程度の値切りだったので、付き合ってやる。

「ねえさん、ええ女やわ。七百円でどうでっか」

こんな女がペンライトを持って行ってくれたら、後の商売が大きくふくらむ。

「六百円なら友達のぶんと合わせて、二本買うてくわ」

本当はただでもＯＫだ。しかもふたりの女が釣れたことになる、

「よっしゃ、それで手打ちや」

綾部はあっさり女に二本のペンライトを渡した。

「なんやぁ、値引きバトル、もっと楽しませて欲しかったわ」

美貌の女は口を尖《とが》らせた。ピンク色のペンライトを高々と掲げて、腰を振って見せる。白のタンクトップのバストが激しく揺れた。クラブで遊んでいるイケているねえさん。アイドルグループのコンサートにやってくるタイプには見えなかった。

「いやいや、せやから、ねえさんが、べっぴんさんやから、俺もう、商売忘れてしもうて」

「ほんなら、名前ぐらい聞いてよ」

「よっしゃ。ねえさん、なんていうねん」

「杏樹《あんじゅ》」

女はさらに腰を振っている。穿《は》いているのは黒のマイクロミニ。スカートというより、ほとんど胴巻きにちかい。動くほどにマイクロミニがせり上がり、太腿《ふともも》の付け根からレモンイエローのショーツが見えている。

「へぇ～、杏樹ちゃん」

綾部は見えてくるショーツの先端に見惚《みと》れていた。

「で、おにいさんの名前は」

「おれ？　綾部……じゃない、山田ゆうんや。山田風太」

危ないところだった。

「なんや、おにいさん、ぜんぜん、商売忘れてへんやん」

杏樹と名乗った女はクルリと背を向けて、さっさとドームのほうへ行ってしまった。悔しいが商売優先だ。いずれあの女も餌食にする。

不思議なもので、路上での商いというのは、連鎖反応を起こす。

杏樹という女が、両手に持ったペンライト二本を、楽しそうに空に掲げて、振り回しながら歩いて行ったので宣伝効果は抜群だった。一気に客が押し寄せてきた。

「おにいさん、うちも一本」

「うちもや。なんやピンクばっかりなんか。ブルーやイエローは？」

アイドルグループにはメンバー五人それぞれの基本色があった。

「すまんなぁ。ピンク以外は売れてしもうたわ」

綾部はピンクしか売らない。それは自身の基本色だと思っているからだ。

――エロはピンクと決まっとる。

それでも綾部はファンたちに囲まれていた。一気に百本売れそうな勢いになった。

そこに携帯が鳴った。

――ちっ。

液晶に映った名前は、出ないわけにはいかない相手だった。ミナミの本職からだ。

この駅前で商売出来ているのも、この組のおかげであった。

「はい、綾部です。若頭《かしら》すんません、いまバイの最中ですんで、手短に頼みます。開演して画像が飛んできたら、すぐに事務所に送信します。今日はすごいっすよ。間違いなく百パターン以上のアングルがあります」

ペンライトが百人に売れたら、百台のカメラを会場に送り込んだのと同じになる。

そういう商売だった。このペンライトにはそのまま内蔵カメラとＦＭ送信機が埋めこまれているのだ。

コンサートが開始された瞬間から綾部は車に乗って、その映像をキャッチして、宗右衛門町《そえもんちょう》にある本職が経営している専用の編集スタジオに送信する仕組みだった。

そのスタジオで編集され素早くＤＶＤにダビングされた『取って出し映像』が、終演後には会場前で、販売されるのだ。これを売るのは、本職直轄の人間たちだ。

綾部と組の共存共栄がこれで成立している。

『おぉ、それはそれでありがたいんやけどな。ゆうべ突然、本部から指示が来た。間もなく神戸に輸入品が入るそうや。緊急輸入や。すぐに引き取りに行ってくれへんか』

受話口から、ドスの利いた声が響いてくる。綾部は背筋を伸ばした。

「いますぐにですか？」

『せやなかったら、電話せえへんやろが、タコっ』

若頭の声が一オクターブ高くなった。これ以上説明させてはならないというサインだ。

「わかりましたっ」

『おうっ、その代わり、今夜は画像を送らんでええ。そっちが後で好きなように流せばええ。ただし、近畿《ニシ》以外でな』

「へいっ」

綾部は一介のパシリだった頃のように声を張り上げた。

「で、受け取った輸入品をさばくのは、どこへ」

そこまで仕切るのが綾部の下請け業務だった。正確にいえば孫請けだ。

この業界もきちんと系列化されている。

『ミナミや。キャバやラウンジ、それにスナック、居酒屋、息のかかったところでは、もう話がついとる。そこに卸したらええ』

「ええ～、ミナミはご法度じゃ？　ほんまええんですか？　若頭、俺、懲役だけは、勘弁してほしいんですが」

『あほっ、お上とも話がついてんねん』

綾部はすぐさま店をたたんで車に飛び乗った。中古のセルシオ。本職からのおさがりだった。


一時間ほどで、神戸港についた。パナマ船籍の貨物船から輸入品を受け取った。かなり大きな荷物だった。

南米産が多いが、フィリピン産、台湾《たいわん》産も混じっている。

――めんどくさ。

綾部はうんざりしながら、輸入品を幌《ほろ》付きの大型トラックに乗せた。セルシオで、そのトラックを先導した。

とりあえず、心斎橋《しんさいばし》の自分の店に戻りコンサート映像を編集するのが先決だった。東京の浅草《あさくさ》にいる同業者に売る。儲けは折半だ。

積み荷の輸入品については、それからだ。

第一章　濡れるミニパトガール

1

十月四日。火曜日。御堂筋《みどうすじ》には小雨が降っていた。雨が冷たそうに見えた。

浪花八分署の朝野波留《あさのはる》はミニパトの助手席から目を光らせた。ワイパーに揺れるフロントガラスの先に、駐車違反車やノーヘルのバイクライダーがいないか、用心深くあたりを見渡した。

——そろそろだ。

ミニパトは心斎橋大丸百貨店から道頓堀に向かって進んでいた。

この辺り、駐車違反車よりも、バイクのひったくり事件が増えている。

プラダを越えて三津寺筋《みってらすじ》が見えてきたところで、ハンドルを握る先輩戸田恵里《とだえり》が、ミニパトをスローダウンさせた。

「物件あるかなぁ。波留ちゃんの直感はどっち?」

恵里が指先を動かしている。

前か左折。指がそう聞いているのだ。

物件がどこで見つけられるかの賭けだった。物件とは違反車、あるいは事件を指す。

時刻は午後二時。三津寺筋はまだ閑散としていた。

「まっすぐかなぁ」

波留は頼りない声を上げた。物件には、駐禁のほかに信号無視、一時停止違反も含まれる。たぶん大通りのほうに可能性がありそうだ。

「ほな、道頓堀やな」

先輩は警察官のくせに賭け好きだった。

「いやぁ、ほんまうちにはそんな勘あらへんから」

波留は恵里のほうを向いた。ミニパト勤務三年目だが、いまひとつそういう勘が働かない。

そもそも警察官になどなりたくてなったわけではないのだ。そういう志の低さが、影響しているのかもしれなかった。

――もっとしっかり、違反者を捕まえて、点をあげんと。

高校を卒業してからは、ダンススクールに通っていた。プロのダンサーになるのを夢見て、さんざん努力したが、残念ながらショービジネス界には縁がなかった。さんざん受けたオーディションもことごとく落ちてしまい、舞台に上がるチャンスすらなかったのだ。

四年間できっちりあきらめた。大学に行った友達と同じ年数だけを、親が許してくれたのだ。

親との約束は破れない。

二十二歳の終わりに、波留は高卒でも受験資格のある公務員試験を受けて、婦警への道を選んだ。

意外に性に合った仕事だった。婦警には体育会系女子が多い。ダンスをしていた頃と同じような、熱い仲間が、この職場にはいた。

二十六歳になった波留は、それなりに充実した日々を送っている。

「まっすぐ行って、空振りやったら、あのペンライトちょうだいね」

先輩の狙いはグローブボックスに入れたままのペンライトにあるのは先刻承知だ

った。

ダンススクール時代の友達の田中《たなか》杏樹に、ひと月前にもらった有名なアイドルグループのグッズだった。杏樹は夢中だが、波留はさしてそのアイドルグループに興味がなかった。

ダンスが違うのだ。

杏樹が追いかけているアイドルのダンスはミュージカル系の正統派。波留がプロになることを目指していたのはヒップホップ系だ。

ちなみに杏樹は現在、神戸《こうべ》三十九分署で通訳職員をしている。メリケンパークの近くにある署だ。

やはりダンサーとしてはチャンスをつかめなかったが、杏樹は警察官になるための公務員試験は受けなかった。

そんなものを受ける前に帰国子女としての英語力だけで、特別通訳職員に採用されてしまったからだ。

特に外国人犯罪者に多いニューヨーク弁に精通しているので、杏樹は神戸では重宝されているらしい。

ミニパトが道頓堀橋北詰めに近づいた。

駐禁車は見当たらない。

急に飛び出してくる一時停止違反車とも、まったく出くわさなかった。

先輩とのゲームは敗北に終わった。

「はい、先輩。このペンライトでよかったら、差し上げます」

波留はグローブボックスからペンライトを取り出した。やけになまなましいピンク色をしている。この色からして自分は好きになれなかった。

「いやぁ、それはうれしいわぁ。あれっ、せやけど、今日はもらえへんようやな」

先輩が前を見ながら肩をすくめている。

「えっ、なんでですか？」

顔をあげて、先輩が指さす方向を見た。

そこは道頓堀川を渡った南詰め。すき焼き「はり重」の真横に黒いセルシオが駐車していた。

完璧アウトの位置だった。

「あんなに堂々と止めるなんて悪質やなぁ。よっしゃ、レッカー車、呼んだろ」

戸田恵里はペンライトを取れなかったことが、相当悔しかったようだ。

いくら堂々と御堂筋に止めているとはいえ、即刻レッカー移動は、ふつうやらない。ここは官庁街ではないし、今日は特別警戒地区にも指定されていない。

「波留、降りてナンバー撮影、よろしく。その間に私、業者呼ぶわ」

先輩はすでに無線を口に当てている。

波留はミニパトの扉を開け、違反車用グッズ一式をもって、黒のセルシオの背後に近づいた。なにわナンバーだった。窓にフィルムが張られたいかにもその筋の車の感じだった。

——だったら、ええわ。

反社会的勢力の方々の車なら、なんの遠慮もいらない。

波留は即座に反則切符を切り、ビニールパックに入れてサイドミラーに括《くく》りつけた。パチンっ、とワイヤーを閉める。園芸用大型鋏《ばさみ》でも使わない限り、絶対に切れない反則告知パックだ。

これで駐車違反は成立する。

ほとんどの違反者は、これで出頭してくるのだが、中には、平気で逃げ切ろうとする者もいる。

押さえの撮影が必要だった。どうせ、レッカー移動すれば、物件を押さえてしまうことになるので、不要にも思えたが、決まりだからいちおう、やる。

波留はセルシオの背後に回った。
ナンバープレートの位置にしゃがみこんで、公務用のデジタルカメラで撮影を始めた。
カシャ、カシャ、とシャッターを切る音がする。
波留はてっきり、その音は自分が発しているのだと思った。
そのまま何度かシャッターを切っていた。
——違う。
と気付いたのは、しゃがんでいる自分の膝のあたりが光ったからだ。
——なんや？
小雨が降っている。陽《ひ》は雲に隠れているはずだった。波留はあたりを見回した。
ピカッと光った。膝と膝の間だ。
——あれ？
迂闊《うかつ》にも股を大きく拡《ひろ》げていた。
——いやんっ。
あわてて膝を閉じ、立ち上がる。光の発信先を探した。
三メートルほど先。大阪王将の前にバックパックを背負った小太りの男が、カメラを構えてしゃがみこんでいた。ニコン。先端に望遠まで付けている。

波留の視線を受けた男が、そのままの格好で叫んだ。

「撮ったっ。リアル婦警のパンチラ、ゲットや。パンツ、純白。ええなぁ」

婦警を盗撮するとは、大胆すぎる。波留は面食らった。棒立ちになって、制服スカートの裾をひっぱり太腿《ふともも》を隠した。

「波留、撮影っ、マルタイをまず撮影」

ミニパトから先輩の戸田恵里が飛び出してきた。

カメラの男に向かって走っている。猛烈な勢いだった。

恵里は三歳上の二十九歳。浪花体育大学で女子キックボクシング学生選手権に選抜されたことのある強者《つわもの》で、驚くほどの身体能力を持っている。

「盗撮の現行犯逮捕や」

恵里が手錠を振り上げた。ミニパトガールだって手錠は持っている。

男は身構えたが、すぐに逃げなかった。片膝をついたまま、眼前に迫った恵里にカメラのレンズを向けていた。

小太りで鈍感そうに見えた男だが、素早くレンズ交換をしていた。ニコンのレンズは広角に換えられている。

「この変態男がっ」

恵里が思い切り右足をあげた。鉄槌《てっつい》をくらわすつもりだ。

ひったくりバイク犯を追い詰めた際に、恵里がよく使う蹴りだった。

相手の肩を狙って落とす。何度か見たが、胸のすくような一撃ばかりだった。

——先輩っ。私のパンチラを撮った男、蹴散らしてっ。

波留は胸底でそう叫んだ。

いまだに男を知らない自分だが、その大切な秘園を覆っているパンティを撮るとは許せない。

ところが、事態は思わぬ方向に変化した。

雨だ。雨のせいだった。路面がすっかり濡《ぬ》れていた。

右足を上げたままの恵里の左足が、滑った。踏ん張った足底が路面にすくわれた。

「あぁっ」

恵里が悲鳴をあげた。

男もシャッターを切ったまま、あんぐりと口を開けた。

「こっちの婦警さんは黒パンティ…… しかも幅が狭すぎる。毛が見えてる。あのこれやったら、やらせにしか見えへんのですけど」

波留はよくある表現だが〈スローモーションを見ている〉ようだった。

空を切った右足が半回転して恵里は地面に尻から落ちていた。

すかさず受け身をとっていたが、脚は開いたままだった。立ち上がった小太りの男は、まだレンズを向けている。

「っていうか、婦警さん、いま転んで、パンティずれた……おめこ……完全に見えてもうてる……ちょっと、濡れてますかぁ」

「いやぁああああ」

恵里の絶叫があたり一帯に轟《とどろ》いた。

波留は慌てた。こんな現場は初めてだった。

すぐに小太りの男に駆け寄ったが、男は太っているわりには、動きが素早かった。カメラを片手で持ったまま、すぐ脇の道に入り、松竹座の裏手の方向に逃げていった。あっという間だった。

波留は男の背後にカメラを向けながら警笛《けいてき》を吹いた。あたり一帯にいる警察官に、ここで事件が起こっていることを知らせるためだった。

かろうじて男の背中は撮ってある。深追いしても、ひとりで、出来ることは限られていた。

何度も警笛を吹き、倒れたままの先輩を抱き起こした。脛《すね》から血が滲《にじ》んでいる。

「波留ちゃん、ごめん」

恵里が波留の腕につかまりながら、立ち上がりかけた。

とそのとき、事態はさらに悪い方向へと進んだ。

エンジンのかかる音がした。

振り返ると、黒のセルシオの運転席にすでに男が座っていた。金髪の男だった。三十代半ばぐらい。サングラスをかけているので、表情はよくわからない。

「待ちなさい」

波留は男を指さし、警笛を鳴らした。戎橋《えびすばし》の方向から警察官がふたり、走ってきている。おそらく交番勤務の地域課の警官。

「その車、逃亡する気です」

波留は叫んだ。地域課のふたりが警棒を振り上げ、セルシオのリアバンパーを叩《たた》いた。激しい金属音がした。

それでもセルシオは御堂筋の中央に飛び出した。

すでに違反パックは切られていた。路肩に放り投げられている。

地域課の警官のひとりが、ミニパトの無線マイクを取った。プレート番号を伝えている。

もうひとりが波留たちに近づいてきた。年配の警官だった。温厚そうな顔をしている。

「駐禁だけで、あそこまでやるやつはおらん。ヤクとか危険ドラッグを積んどったんと、ちゃうやろか」

「すみません。わたしらが、ドジ踏んで」

恵里がすまなそうに頭を下げた。波留は盗撮男が現れた事情を説明した。

「ひょっとしたら、そのふたり、グルやったってこともあるで」

年配の警官が帽子をかぶり直しながら、セルシオが逃げ去った道を見つめた。

なおのこと自分は迂闊だったことになる。

そういえば、カメラ男は、あえて大きな声で『パンチラ撮った』と叫んでいた。

あの男は捕まるのを承知で、囮《おとり》になったのではないか。

それだけ、セルシオには重要な何かが隠されていたと推察できる。

波留は額に手を当てて、唇を噛《か》んだ。

——自分はおびき出されたのだ。

恵里が倒れていても、セルシオから目を離すべきではなかった。

「まぁ、そんなに落ち込むな。あとは刑事の出番や。証拠は盛りだくさん。すぐに捕まるやろ」

年配の警官に慰められた。

そこにレッカー車がやってきた。

「最悪や」

恵里が脚を引きずりながら、レッカー車に向かっていった。

雨足が強くなってきた。波留はずぶぬれになりながら、恵里がレッカー業者から差し出された伝票にサインしている様子をじっと見守っていた。

通行人からヤジが飛んできた。

「税金泥棒っ。レッカー車代は、パンツ見せた婦警さんが払ってや」

ここは大阪、道頓堀。日本一ヤジのきつい現場だった。

2

その夜、波留は恵里と共に再び道頓堀に戻って来ていた。昼間の雨はすっかり上がっている。

どうしてもふたりで反省会をせねばならなかった。

道頓堀川に面した道を何度か往復した。

「最近、カラオケボックスに、ひとりで入りはる人、増えたなぁ」

歌好きの恵里がそびえたつカラオケビル「ビッグメコー」を見上げながらいった。大阪特有のパクリネーミングだが、もう少し品のいい店名には出来なかったのだろうか。

「大勢で入って、順番待つのが嫌なんやないですか。先輩みたいに、三曲立て続けやないといややゃって人ばかり増えて」

「そうやなぁ。うちもいっそこれからはひとりで行こかな。その方が存分に歌えるし」

「そうしてください」

正直、この先輩のカラオケに付き合わされると、ひたすら入力担当になるしかないので、波留としてはうんざりだった。

ビックメコーに背広姿の若い男がひとりで入って行った。入れ替わりに、金髪の白人女が数人出てくる。

「外国のひとは、やっぱ、みんなで歌いたいんやろな」

「世界各国で、カラオケっていうんですから、外国からの観光客の人たちは、本場のカラオケボックスも見どころのひとつにしているみたいです」

ふたりで、そんなたわいもない話をしながら、店を探した。

「かに道楽」か「びっくりドンキー」か、さんざん迷ったあげく、結局「ぼてぢゅう総本店」に入った。

「すみません。私のプロ意識がたらんかったからあかんかったんです。パンツぐらい見られても、動じないハートを持たないと……」

波留はうなだれながら、ウーロンハイを飲んだ。

「ちゃうねん。私が意地になってレッカー呼んだりしたから、援護が遅れたんや。一緒に外に出ていたら、少なくとも、セルシオに逃げられることはなかったわ」

むしろ戸田恵里のほうが落ち込んでいた。

いつもなら、座るなり生ビールをがぶ飲みして、ハイテンションになる先輩だったが、今夜は飲むほどに、肩が落ちている。

「あの……先輩、やっぱり、アソコ見られたの、気にしてますか？　私はパンツでしたけど、先輩、ナマだったみたいですから……」

波留は低い声で聞いた。店内はにぎわっている。女ふたりが、額を突き合わせての会話など、漏れようがなかった。

「そりゃそうや。女がおめこを見られたんやで。しかも撮影されてもうたんや」

痛いほど辛《つら》い気持ちがわかった。

セルシオの男もカメラ男も、逮捕は出来る。けれども一度ネットにアップされた画像は、永遠に回収出来ない。

世界中に波留のパンチラと先輩のおめこが拡散されるのは時間の問題だった。

「まぁ、飲んでください」

そういって、ウーロンハイを追加してやった。

ついでにウインナーとベーコンエッグも頼んだ。今夜はとことん飲むしかない。

そのまま一時間ほどふたりで反省会をした。

結論は、もう二度とパトロール中に賭け事はしないということだった。

飲み過ぎた戸田恵里の肩が左右に揺れはじめた。瞳も虚《うつ》ろになっている。やはり、おめこを露出してしまったことが忘れられないのだ。

「あ〜あ。カレシに見られたら、どないしよう」

いいながら、恵里が一気にグラスを空にしている。波留はまた追加した。

キックボクシングの学生選手権の代表選手だった戸田恵里もしょせんは女だ。

恵里はブルーの縦縞シャツにピンクのミニスカートという爽やかOLのような私服に着替えていた。

「梅田三分署《うめさん》の大野《おおの》巡査長とは順調なんですか？」

波留は話の角度を変えた。同時に酒もウイスキーに変える。もっとガツンと酔わなければ、この重い気持ちを乗り越えられない。

恵里と梅三の地域課巡査長の大野智雄《ともお》のことは、周囲も承知の仲だった。

「ひと月ぐらい前にな、大野ちゃんや梅三《うめさん》の仲間たちと飲んだんや。相場《あいば》君と、庶務の前田厚子《まえだあつこ》」

恵里も含めて四人は同期なため、よく一緒に飲んでいる。

「で、おふたりは、なにか進展あったんですか？　相場さんがいたんやったら、私も誘ってほしかったですけどね……」

波留のほうは麻のオフホワイトシャツにクリーム色のフレアスカート姿だった。シャツの上にレモンイエローの薄手のカーディガンを羽織っている。

パッと見は芦屋《あしや》系お嬢のコーデだと自分では思っている。制服を脱いだ後の婦警の変身願望は強いのだ。

「そう思ったんやけど、あっちゃんが一緒やったからねぇ。でな、飲み会の帰りにな、駅に向かって歩いてたら、マルビルの前で、いきなり大野ちゃんにお尻を触られたんや」

先輩は顔を顰《しか》めた。相当酔いが回っているようで、瞳がトロンとなっている。

「えぇ〜、他の皆さんも一緒やったんでしょ？」

「そうやねん。相場ちゃんも前田のあっちゃんも、目を丸くしてたわ。もう恥ずかしくて、思い切り大野ちゃんの顔をひっぱたいたった」

先輩がテーブルの上で平手打ちをする真似《まね》をした。キックボクサーだった人だ。脚力ばかりか腕力も強い。

「それ、きついですね。大野巡査長、ひっくり返りませんでしたか」

元学生選手権クラスのキックボクサーの平手打ちをくらったら、普通、脳震盪《のうしんとう》を起こす。

「まじ、危なかったんよ。くらっとなったみたいで、あわててうちに摑《つか》まろうとしたんやな。すっと手を伸ばしてきて、おっぱい摑みよった。よりによって、おっぱいやもんなぁ。うち困ったわぁ」

と恵里。

「はぁ？　それわざとやないんですか？」

波留は眉間に皺《しわ》を寄せた。男を知らない自分には嫌悪すべき話だが、刺激的でもあった。波留はバストすら男に触らせたことがない。

「わざとやない…… だって目が血走ってたもの。後ろに倒れそうになっていたんよ。せやから、抱き付いて、気つけのキスをしてやったん」

「なんですって?」

波留にはどうしてそういうことになるのか、まったく理解が出来なかった。

「いきなり倒れられたら、困るやん。周りに人もおるし、うちら警察官やねん。救急車呼ばれて、事情を聴かれても厄介ゆうもんや」

「ちゃんと、いえばええやないですか。お尻触られたから、うっかり手が出たって」

「それでは済まんやろ。うち、プロテスト受けてへんけど、いちおう、学生選手権クラスやったし……」

キックボクサーの拳は凶器に認定されている。空手家は平手も脚もだ。キックボクサーなら空手家に準じるだろう。

「せやからってキスなんかせんでも……」

そこがわからない。腕を取る、でいいではないか。

「周りの人に気が付かれん方法は、それがいちばんいいねん。そんなもんやねん」

「そうでしょうか」

納得いかない。

「そしたらな、大野ちゃん、やっぱ芝居やったんよ」

「でしょっ」

相手も巡査長だ。咄嗟《とっさ》にスウェイして、打撃を和らげていたに違いない。

「うちがキスした途端に、舌をベロりと挿し込んできよった」

「はい？」

耳を疑った。

「うちなぁ、うっとりなってもうて、そのまま、路地に引き込まれてしもた」

「酔っ払いの下ネタトークですか」

波留は突っ込んだ。

「ビルの谷間に入ってな、スカートめくられたら、女はもうアウトやねん。やりたくて、やりたくてしょうがなくなってしもて、自分からも、大野ちゃんの股に手を伸ばしてしもた」

最低の婦警だ。

「そのまま、どうなったんですか?」

波留はウイスキーを呷《あお》り、目を細めて聞いた。ドキドキしてきた。

「そこから先は、一種の犯罪やから、いえへんわ」

「やったんや。きっと最後までやったんや」

波留は声を荒らげた。

先輩と大野巡査長がビルの狭間《はざま》で、セックスをしていることを想像しただけで、身体《からだ》中が火照りだした。

男との経験はなくても欲情はする。波留は胸底で呟《つぶや》いた。

——処女だって、疼《うず》く……。

「先輩、答えてください。やりましたね」

重ねて聞いた。

「黙秘や。それ以来おうてへんし」

恵里は顔を背けた。窓のほうを向きながら、ぼそぼそという。

「だからな、波留ちゃん。うちな、大野ちゃんと、もうそういうことまで平気で、出来る関係になってしもてんねん。ってことは、結婚しかないと思っているんよ」

「ですよね。それは、結婚しかありえません。でも、なんでそれ以来、会ってへんのですか」

「プロポーズ。返事せなあかん」

「な～るほど。でも、もう答えは出ているんでしょう」

「そうや。来週にでも、返事しよって、思うてたとこや。せやから、おめこの写真、出回るのいややねん。そうなったら、うち大野ちゃんに顔向けできへんわ」

そういったきり、戸田恵里はテーブルにうつ伏せになった。いきなり鼾《いびき》が聞こえてきた。完全なおやじ寝だった。

「ちょっと、先輩、起きてください」

波留は恵里の横に座り直し、肩を揺すったが、まったくだめだった。しょうがないので、肩を抱いて、外に出た。

3

戎橋筋を地下鉄なんば駅に向かって歩いた。

波留よりは小柄な戸田恵里だったが、酔っ払っているぶん重い。その恵里と肩を組みながら、よろよろと歩いていた。ほとんど恵里を引きずっているといっていい。

今日という日は、なにからなにまで最低の一日だ。

「ねぇちゃん、わいが肩貸してやろか？」

前歯が抜けた酔っ払いが近づいてきた。五十がらみの男だった。

「結構です。すぐそこの警察に行きますから」

波留は酔っ払いを睨《にら》みつけた。

「おおぉ、こわっ。気の強いねぇちゃんやな。そんなんやったら、男もおらへんやろ。毎日、ひとりおめこかいな。寂しいなぁ」

男はそばに転がっていたビールの空き缶を蹴飛ばしながら、反対側へと去っていった。

恵里がどんどん重くなる。歩く意思がまったくない人間は本当に重い。

それだけではない。恵里はときどき、尻や太腿を掻《か》いている。

「先輩、お願いです。自分でスカートめくらないでください。パンツ見えてます」

波留は肩を揺すって知らせたが、無駄だった。

恵里は歩きながら、スカートの裾から自分の手を入れて、太腿を掻いている。酔って火照ってしまった肌が痒《かゆ》いのはわかる。でもミナミのど真ん中でそれをやるのは、やめてほしい。ピンクのスカートがめくれ上がって、黒のパンツが見え隠れしているのだ。

「ううう……苦しい」

恵里は下を向いたままそういい、シャツのボタンを外し始めた。当然、黒いブラが露出する。

最低だ。この先輩、本当に最低だ。

「先輩、すっかりおっさんになっています。女なんですから、もうちょっとプライドを持ってください」

波留は先輩を叱咤《しった》した。叱咤したが、自分自身の体力に限界がきていた。

いったん、肩から恵里を外す。

「わっ」

支えをなくした恵里がよろけて、すでに閉まっている商店のシャッターに身体を打ちつけた。ダイアナ靴店のシャッターだった。激しい音がした。恵里がそのまま背中をシャッターに付けて、ずるずるとしゃがみこんでいった。最後はM字開脚だ。

もう放置して帰りたくなった。

——そこらじゅうの男にやられまくられろ。

そんな思いに駆られたが、どうにか打ち消した。波留は恵里の膝を閉じてやり、さらに、自分が羽織っていたカーディガンを掛けてやった。

波留は深呼吸した。体力を整えて、今度はこのおやじ女を背負うしかない。

十メートルほど先から威勢のいい声が聞こえてきた

そこもすでに閉まっているがパンの美味《おい》しいカフェの前だった。

「終電までの時間しか売らへんで、アイドルの特製ペンライトや。どないや、一本五百円。タダみたいなもんやで。そこのおっちゃん、娘さんのために、買うてきなや。ほらそっちのＯＬはん、ふつうならコンサート会場でしか売ってへんもんやで」

野太く、かすれた声。香具師《テキヤ》特有の声だった。

しかし、ペンライトとは売っている商品が、珍しい。

終電間際のこの時間に、香具師が酔客相手に並べるのは、たいがいメロンだ。酔い醒《ざ》ましになんとなく食べたくなる。それに家庭への罪滅ぼし効果もあるそうだ。香具師の品物選びは実に的確なのだ。

いずれにせよ道交法違反だった。路上使用許可など取っているはずがない。これは交通課の管轄だった。

――だけど、いまは非番だ。どうでもいい。

「うぅ、おめこ……」

恵里が譫言《うわごと》をいっていた。

波留は体力の回復を待ちながら、香具師の方向を見つめた。

そのまま、なにげなく眺めつづけた。売っている男ではなく、キラキラと輝く商品を見つめていた。

「どないや、ペンライト」

金髪の男がピンクの光を振りかざしていた。

――あれは。

友人の田中杏樹からもらったものと同じピンクのペンライトだった。つまり偽物。コンサート会場の中で売っている公認グッズではない。

そうと知って購入した杏樹は『売っていた男が、ええ男やったから』といっていた。波留は、はじめて販売している男に興味を持った。

目を凝らして男を見る。

金髪。日に焼けた肌。笑顔を作っているが、一重瞼《まぶた》の眼光は鋭かった。

映画「新宿スワン」の主役の俳優に似ている……。

――あの顔……。

波留は奇妙な既視感を覚えた。

すぐにある顔が浮かんだ。

昼に見た顔。

セルシオの運転席に座っていた男……。間違いない。

波留は傍らで潰《つぶ》れている戸田恵里を見た。ぐっすり眠っていた。股間はしっかり閉じている。そのうえ波留のカーディガンで覆われていた。

「先輩、ほんのちょっとだけ寝ててくださいね。変な男が来たら、蹴飛ばしてええですから」

酔い潰れた女を放置するのは危険だが、これでも婦警だ。しかも武闘派婦警だ。攫《さら》われることはないだろう。

波留は露店に向かった。

駅へと歩く酔客たちに混じって男の店に近づく。歩きながら、スマホを取り出し署に「発煙筒メール」を打った。

あらかじめメッセージの文面が出来ているメールだ。捜査対象者を発見した際に位置を知らせるためでもある。スマホのGPSを同時に作動させる。

受け取るのは浪花八分署の交通課だ。すぐにこの辺りを走るパトカーに連絡が入る。

「さぁ、買うた、買うたっ、もうええわ、一本百円や」

　終電の時間が近づいていた。男は投げ売り攻勢をかけている。一陣の人だかりが出来ていた。ＯＬらしき集団から声が飛んでいる。

「百円なら買うわ。まとめて十本っ」

「うちは五本っ」

「おおきにっ、おおきにっ。京セラドームの公演の売れ残りやけど、これ限定品やし。いずれ値が上がるで」

　香具師の口上ほど見事なものはない。値が上がるならば、抱えていたほうがよさそうなものだが、金髪男は、どんどん値を下げている。

　酔ったＯＬたちや、水商売の女たちが、次々に押し寄せていた。

　波留は一番後ろから覗《のぞ》いた。

　台に並ぶペンライトを見ずに、男の顔を見た。間違いない。セルシオの男だ。

　単独で職質をかけるのはリスクがありすぎた。こっそりスマホを取り出した。

　さりげなく撮影する。それが最低限の仕事になると考える。

　これで顔認証による割り出しがきくからだ。車のナンバーよりも直接的な捜査資料となりえる。

さりげなく構えて、シャッターを切った。軽くフラッシュが光る。

ペンライトの光に紛れたつもりだったが、男はすぐに気が付いた。

「なんや、おまえっ」

細い眼から笑顔が消えた。男は鬼の形相になっていた。

「いや、そのペンライト、可愛《かわい》いから、妹にどうかなって思って。いま妹に、いるかいらないか聞こうと思っただけです」

口実をつけて送信ボタンを押した。送信先は妹ではなく浪花八分署だ。

「すぐに返事が来るんで、ちょっと待ってください。たぶん、お姉ちゃん、買うてきて、っていうと思います」

波留は財布を取り出した。

「なんや。けどな、ネェちゃん、気ぃつけな。ここらで写真撮るときは、一言断らなあかんで。いろいろと事情のある人間ばっかりやからな。買うならまけるで。百円で二本や。妹さんと一緒に振り回したらええやんか」

金髪男は落ち着きを取り戻していた。背後に暴力団がついているのは明白だった。

——この先は組対に振ろう。うちらの手に負える相手やない。

そう思って、しおらしくペンライトを購入しようと小銭を手のひらに載せたときだった。

すぐ近くの電信柱の裏から、小太りの男が飛び出してきた。

「その女、昼間のミニパト婦警や。アニキ、いま顔写真、撮られてもうたで」

波留のパンチラを撮っていた男だった。やはりふたりはグルだったのだ。

「なんやてっ」

金髪男は露店をひっくり返した。ペンライトが路面のあちこちに飛び散った。

「今夜は、ええ陽気やし、バーゲンセールや。みんな好きにもっていったらええ」

そう叫ぶと、ふたりの男は、法善寺《ほうぜんじ》に向かう路地に逃げ込んでいく。

追いかけようと路面を蹴った。

頭の中で、十六ビートのリズムが鳴った。

――恵里さんが元キックボクサーなら、うちは元ダンサーや。

脚力なら負けない自信があった。

地面に転がったペンライトを拾おうとする通行人たちの間を縫うようにして、波留は丹青堂《たんせいどう》の角を曲がった。

この先は細い一直線の道だった。すでに男たちの姿はない。さらに路地を折れたに違いない。

駅に向かう道と違って人気《ひとけ》が途絶えていた。五メートルほど進んで、波留は立ちどまった。三秒ほどあたりを見渡す。逃げた方向を探すべく神経を集中させた。

と、背中を押された。大きな手だ。

波留は前のめりに倒れた。膝を突き、両手で地面に手を突いた。顔面から落ちるのをかろうじて防いだ形だ。

するとすぐにスカートをめくられた。夜風が生尻に吹きかかる。

「ほんまや、純白パンツや。走ったから、食い込んどるわ。ええ尻してるなぁ」

首を曲げて振りむくと、黒いスーツを着た男たちが立っていた。

総勢十人。それぞれが奇抜な髪型をしている。色も様々だ。鼻にピアスをつけている者もいるし、首からタトゥーをのぞかせている男もいる。後方にいる連中は手にバットやゴルフクラブを握っている。

暴力団傘下の半グレ集団に違いなかった。

「私は浪花八分署の者よ。公務執行妨害で逮捕します」

波留は見上げたままでいった。スカートはめくられたままだ。臀部《でんぶ》が丸見えになっていた。

「なにが逮捕や。ミニパトの婦警なんか、怖いことあるか」

一番手前にいた太った男に今度は靴底で背中を蹴られた。まったくためらいのない、蹴りかただった。

波留は呻《うめ》いた。背中に激痛が走った。再び前に倒れる。今度は顎から落ちた。

「スマホ、もらっとくで。アニキの顔、警察の間にバラまかれたら困るねん」

スカートを脱がされそうになった。この男たちはスマホだけではなく、スカートごと奪うつもりなのだ。太った男の指が脇のホックにかかった。

「遅かったわね、もう送信したわ。いまごろ指名手配よ」

波留はいいながら前方に這《は》った。膝頭がすでに擦《す》り剝《む》けていた。痛い。

「逃げようなんて、考えんほうがええ」

太った男はそういうと、左右の腰骨のあたりに手をかけてきた。

「！」

いきなりパンティのストリングスに指が挟まれた。

——なに？

ずるっ、と引き下げられた。

「いあやぁぁあああああ」

波留は絶叫した。前方にも男たちが回り込んできて、スキンヘッドの男に口をふさがれた。さらに別な男に肩と背中を押さえられた。

パンティが下ろされていく。太腿から膝裏を通過して、足首から抜かれていく。パンプスは履いたままだ。四つん這いのまま、臀部をむき出しにされた。

「純情婦警のナマおめこや。開いてへんけど、撮ったれ。濡れとるとこ撮ったれ」

フラッシュが何発か焚《た》かれ尻の割れ目に熱気を感じた。

「なにするねん。あんたら、逮捕よ。準強姦罪《ごうかん》で逮捕よ」

いってもむなしかった。シャッター音が轟く。このままでは間違いなく、本当に強姦されると思った。この男たちは百パーセント手加減などしない。その気迫がひしひしと伝わってくる。

波留は胸の中で、静かにカウントした。

ワン、ツー、スリー……一回目では飛び出せなかった。

頭の中のリズムがまだ四ビートなのだ。もっと気持ちを高めなければ、飛び出せない。気持ちを整える。

チッ、チッ、チッ。さっきより早いビートになった。だけどまだ八ビートだ。飛び出せるが、目の前の男三人をかいくぐれない。それだけ狭い路《みち》だった。

「尻を割ったら、もっとおめこがはっきり出てくるんとちゃうか」

そんな声が聞こえる。

「そやな、バックからやさかい、襞《ひだ》を開いたら、すぐに穴見えることになるな」

「せやせや、穴、撮ったれ」

男の手が左右の尻たぼに置かれた。背中を押した、あの手だった。ぐにゅっ、と尻山が左右に割られた。

——うぅ、開かれたら、今度は挿される。

本能的にそう思った。そのとたん、波留の脳内に十六ビートが浮かんだ。胸の鼓動も高鳴る。

——いましかないっ。

右のパンプスで路面を蹴った。尻が跳ね上がる。

「うわっ」

男がよろけるのがわかった。前にいたスキンヘッドの男がすかさず手を出してきた。頭を押さえるつもりだ。その手がスローに見えた。

波留は手をかいくぐった。

さらにもうひとりの男が、身体ごとぶつけて潰そうとしてきた。左の頰に切り傷のある男だった。こいつはもっと動きが遅い。三拍子《ワルツ》のような動き。波留は完全に見切った。

体を反らせて、男に頭を突き出した。四つん這いから立ち上がる際の反動を利用したヘッドバットだ。がしっ。男の顔から切り傷が消えた。代わりに鼻から噴き上げた血が顔面を覆っていた。

「うわぉおおお」

悲鳴をあげて男は鼻を押さえてしゃがみこむ。隙間が出来た。波留はラグビー選手のようにその間から身体を飛び出させた。

自分でも鮮やかだと思った。振り向かずに、真《ま》っ直《す》ぐに走った。

4

「こらぁ、待てやぁ。逃げ切れると思ってんのか」

男たちが追いかけてくる音がする。奴《やつ》らの足音は四ビートだ。ゆっくり動く車のワイパーと同じテンポだ。日ごろから、だらしのない暮らしを送っているのだろう。大勢での喧嘩《けんか》は強くても、ひとりひとりにスピード感はない。

これなら逃げ切れる。波留は一目散に法善寺へ向かった。

ぴっ〜。警笛が鳴っている。四方八方から鳴っている。

波留のスマホが位置を知らせているのだ。

前方から人影が見えてきた。波留に向かって走ってくる。四人ぐらいだ。

敵か味方か判然としない。背後は十人。前方は四人。

とりあえず突っ込むことにした。

先頭が見えてきた。

「お姉さん、助けてぇ」

先頭を走っているのは女だった。よく見るとスリップ一枚で走っている。スリップワンピではない。純正下着のスリップだ。最近はあまり見ない。

「ヘルプミー。私、カロリーナ、この人たちに殺される」

かたことの日本語だった。

「おいっ、その女を捕まえてくれっ。礼金百万だ」

女の後ろから走ってくる男三人は、ジャージ姿でドスを振り回していた。背後の足音がぴたりと止まる。

「どうもっ、お世話になっています」

振り返ると、半グレの黒服たちが整列して頭を下げている。

「あほっ。突っ立ってんと、その女捕まえろ」

白のジャージを着た男が怒鳴った。胸にシャネルのロゴマーク。パリの本店に行っても、おそらく売っていないジャージだ。

女が波留の胸の中に飛び込んで来た。身体が小刻みに震えていた。小柄だが白人だった。このあたりのフィリピンパブのホステスとは若干違う顔立ち。

「浪花八分署の者です。この人を保護します」

波留は小柄な外国人を抱きしめた。

ちかごろ、ミナミ界隈《かいわい》に売春婦が激増していると組対課と生活安全課がいきり立っていた。交通課の夜間駐禁のパトロールでも情報収集をするように回覧があったばかりだ。

「なんや、浪花エイトさんかいな。いつもお世話になってますけどな、そいつだけは返してもらえまへんか。ちょっとややこしい話でな。婦警さんレベルが、どうのこうのではない話ですねん。駐禁や道交法違反ぐらいの手柄なら、明日にでも五、六本差し出しますから、今夜のところは目えつぶってもらえませんやろか」

あきらかに舐《な》められていた。婦警ひとりで何が出来るといわんばかりだ。

——けれども、このヤクザたちもあせっている。

警笛が鳴っているのを知っているのだ。いずれ制服警官や刑事がやってくる。

波留は時間を稼げば逃げ切れると踏んだ。

「取引には乗らないわ」

外国人女を抱いたまま、じりじりと前に進んだ。ヤクザは刃物を握っているが、実は半グレほど怖くはない。本職だけあって、やすやすとは人をあやめない。

真ん中のヤクザの眼が光った。刃物を尻のポケットにしまった。かわりに拳を握る。殺意の否認のためだ。ほかの男たちも同じスタイルを取った。

「おい、おまえらも下手《へた》に手出しするなや。ここからはこっちの領域や」

ヤクザが半グレを仕切った。

「はい。後ろには逃がしません」

波留の頭越しに会話が交わされている。波留は、外国人女の手を引きながら、さらに一歩前に進む。警笛が近づいてきていた。あと三十秒が勝負だった。その間、この女を守り通せたら、たぶん勝ちだ。

手前の男がいきなり拳を振り上げてきた。ゆるい。毎日愛人の家でゴロゴロと過ごし、パチンコと焼き肉に明け暮れているヤクザなのだろう。凄《すご》みはあるが、動きは半グレ以上に遅かった。

しかし、狡賢《ずるがしこ》さは天下一品だった。波留に殴りかかるそぶりを見せて、もうひとりが外国人女の腕を引こうとしていた。

咄嗟《とっさ》に波留はその男の顔を蹴り上げた。

ヒップホップダンスで鍛えた身体は、柔らかい。頭の中で、ビシッとシンバルが鳴って、続いてスネアドラムの快適なリズムが響いてくる。

靴底がヤクザの顔面を捉える、一発でひっくり返った。

「てめぇ、ふざけやがって」

残りのふたりが一斉に殴りかかってきた。腕が太い。だけど鈍い。男の膂力《りょりょく》と女の脚力では、結果女の脚のほうが上手《うわて》だった。

軽快にドラムを叩くように、波留はパンプスの足底で、それぞれの男の顔面を蹴った。どちらにも踵《かかと》が命中していた。

ひとりは鼻を押さえていた。嗚咽《おえつ》を漏らして地面にうずくまっている。

もうひとりの男は口から血を吐いていた。地面に歯の欠片《かけら》が飛び散っている。

ダンサーの脚も、ときには凶器になるものだ。

背後の半グレたちが襲いかかってこようとしたときには、すでに前後から制服警官たちがやってきた。

「やばい、逃げろ。フォーメーションDや」

太った男が叫んだ。

五人の黒服がヤクザを抱きかかえ、脇の小路に逃げた。

太った男も闇に紛れてヤクザが運ばれた方向とは反対側の小路へと消えた。

残りの四人が警察官に応戦態勢を取っている。おそらくこの四人は、警察への差し出し要員。組織のカラクリについては何も知らない連中だ。

しばらくもみ合いが続いた。波留と外国人女は路肩に寄って、状況を見守っていた。怯《おび》えて全身を震わせていた。

三分ほどで警察側が黒服たちを制圧した。

「朝野君やな。ごくろうさん」

見慣れた私服刑事ふたりがやってきた。刑事課のベテラン、狭間《はざま》寛治《かんじ》警部と池《いけ》野豊《のゆたか》警部補だった。

「はい。発煙筒を発信した朝野です」

波留は敬礼した。

「お手柄やな」

「いや、本ボシは逃がしてしまいました」

ヤクザを取り逃がしたのでは意味がない。

「いやいや、この女を保護したんや。事件の端緒《たんしょ》を知ることが出来る。それにな、あの半グレどもは、オレオレ詐欺の疑いもあるんよ。別件で逮捕できたんは、拾い物や」

と狭間が笑った、
駐禁から始まった展開だったが、結果論として、大きな事件の端緒を釣り上げることになった。波留は警察官として、小さな達成感を感じた。

「それにしても、あんたのハイキック、凄《すご》かったな。わしら見てもうたわ」

池野がはにかんだ顔をした。

「まるで、映画『キル・ビル』の栗山千明《くりやまちあき》みたいやったな」

と狭間。

「そんなぁ」

映画は自分も見ていた。セーラー服の栗山千明がクルクルと回転するスーパーアクションだ。下着が見えそうで見えない、絶妙のカメラワークだ。

「でも、パンツは穿《は》いたほうがええ」

狭間が小声でいってくれた。

「せや、わしら、なんかあかんもの見てしもたわ」

池野も頭を掻いている。波留は唇を噛んだ。

戸田恵里がやってきた。酔いから覚めたさっぱりした顔をしている。

「波留ちゃんのパンツとちゃう、これ」

この先輩の顔は、当面見たくない。

第二章　三宮《さんのみや》ショータイム

1

二日後。とんでもないことになった。

辞令だ。辞令が出てしまったのだ。

「辞令。朝野波留。本日より性活安全課勤務を命じる」

朝八時。出署すると係長から突然、辞令を渡されたのだ。警察の人事は春と決まっている。秋の異動などめったにない。

「はぁっ、生活安全課ですか？」

「朝野の思ってる生安課とはちゃうねん。りっしんべんの性をつかった性活安全課や」

係長が何をいっているのかさっぱりわからなかった。

ホワイトボードのすぐ近くを歩いていた戸田恵里が、文字にして書いてくれた。

『性活安全課……』

ぎょっとした。

「……嘘《うそ》でしょう。性安課、大阪にも出来たんですか？」

「いいや、警視庁から出向してきはった。で、うちの署からもひとり加入させることになったんや」

波留はその場に倒れ込みそうになった。

知っている。全国の警察署の間で、いまもっとも噂《うわさ》になっている警視庁の移動型性風俗対策の専門部門。通称エロ担だ。

性安課は二〇一五年の四月に新宿《しんじゅく》七分署で発足したと聞く。

歌舞伎町《かぶきちょう》の裏風俗対策に乗り出し、黒幕だった民自党幹事長の逮捕に漕《こ》ぎつけた強者《つわもの》集団というもっぱらの噂だ。

歌舞伎町浄化作戦を終えた後、警視庁の直轄となり、管区内の所轄署を移動する変則部隊となったはずだ。

今年二月にも六本木《ろっぽんぎ》の脱法エロコスメ事件を解決して評判になったばかりだ。

「しかしなぁ、警視庁管轄の部隊がなんで大阪にまで出張《でば》ってくるねん。よけいなお世話やで」

交通課のベテラン警部補若林正樹《わかばやしまさき》が口を尖《とが》らせた。白髪に細目の五十歳だ。

この大先輩に限らず大阪府警管轄の警察官には、警視庁への対抗心に燃えている者が多い。

いまだに「関ケ原《せきがはら》の合戦で勝ってさえいれば」と四百年前に戻ろうとする、組織犯罪対策課の人間さえいるのだ。

「若ちゃん、いまや性活安全課《エロ担》は事実上警察庁《さっちょう》管轄の部隊やねん。たまたま新宿七分署で生まれたから、まだ警視庁に所属してるけど、今後は全国展開するそうや」

係長が答えている。

若林は腑《ふ》に落ちない顔をしていた。

「なんやオモロない話やなぁ。大阪にはなにしにきたん、っていうか、なんで浪花《ち》八分署《う》なんや」

「おととい朝野が道頓堀で大立ち回りしたやろ。あんとき外国人の売春婦を拾うてしもてな。その女を刑事課が叩《たた》いたら、えらいめんどくさい背後が出てきてもうたらしく、府警に相談したら、東京から性安課さんが出てくることになったゆうことや」

係長はハンカチを取り出して、額の汗を拭いた。脂性《あぶらしょう》の係長だった。

「なんやぁ、刑事課もだらしないなぁ」

若林は立ち上がった。

「朝野、ほな元気でな。これ持ってき、わしからの餞別《せんべつ》や」

若林が自席の抽斗《ひきだし》から取り出したビニール袋に入った真新しい警笛《ホイッスル》を波留に向かって投げて寄こした。

両手で拝むようにキャッチした。

――警笛は交通課巡査のシンボルだ。

口は悪いが、情に厚いこの大ベテランなりの異動者に対する見送り方らしい。

波留は背筋を伸ばし、敬礼をした。

「エロ担になっても、いつでもこの笛は、離しません」

「それがええ。わしゃ、今日はむしゃくしゃするよって、吹きまくってくる」

若林は自分の笛を威勢よくぴーっと鳴らし、それから出口へと向かった。

今日から交通安全週間だった。

浪花《なにわ》八《エ》分《イ》署《ト》では、千日前《せんにちまえ》通りの大きな交差点前にテントを張って、一斉取り締まりをやることになっている。

今日の若林は機嫌が悪い。おそらくどんな些細《ささい》な違反に対しても、容赦なく切符を切りまくることだろう。

若林が部屋を出て行くのを確認して、波留は係長に向き直った。

「辞令に異論を唱えるつもりなどないのですが、なんで私が、異動なんでしょう」

「一課の狭間警部の推薦や。朝野のおといの立ち回りが、女であることを捨てている、と感心しておった」

「そんな」

ノーパンでハイキックをしていたことを指しているのだろう。波留は顔が真っ赤になるのを覚えた。

「まぁ、不満やろけど、とりあえずこの捜査のみの要員やと思う。解決したら、またうちに戻ってくれればええ」

交通課に引き戻す権限が係長にあるとは思えなかったが、波留はそれ以上の質問はしなかった。

「あとのことは性安課の真木洋子《まきひろこ》課長に聞いてくれ。警視庁出向中のキャリアや。学ぶことも多いやろ」

そういわれて、辞令の紙きれを渡されてしまった。小学校の運動会のときに貰《もら》う小さな表彰状のような紙だった。

組織の人間とは、この紙一枚で、どこにでも飛ばされるのだ。

「性安課の部屋は、どちらになるのでしょう」

別のベテラン警部補に聞いた。

「六階の第二会議室が性安課の専用部屋になったようや。昨日の深夜から、内装業者が入って改装したそうやで。掃除のおばちゃんがゆうとったわ。なんや、いろんな機器も持ちこんでいたそうや。なんでもＩＴ担当とかゆうのがいて、相当特殊な機材を操るらしい」

なんだかこの署にはそぐわない感じがする。

「とはいえ、わしら交通課には無縁のプロ集団や。ようわからへん。波留ちゃん、戻ってきたら、いろいろ教えてぇな」

ベテラン警部補は昨夜切った違反切符を数え始めた。ずいぶんとたくさんパクったみたいだ。

「早く戻ってきたいです」

波留はぺこりと頭を下げて、交通課の部屋を後にした。

異動といっても所内異動だ。荷物整理は行く先の席をみてからでいい。

　廊下に出ると戸田恵里が追ってきた。

「波留ちゃん、堪忍やで。うちがあんなに酔っ払わなかったら、妙なことに巻き込まれずに、すんだのにな。えらい申しわけないことしてしもうたわ」

「そんなん、仕方ないです。先輩が悪いわけやないですから」

　いまさら、どうなるものでもない。波留は戸田恵里に笑顔を見せた。

「先輩、あのピンクのペンライト、パトのグローブボックスに入れたままですが、プレゼントします。私、一度もスイッチ入れていませんから、まっさらです」

「ほんま。ええの？」

「うち、アイドルには興味ないですし、持っていてもしょうがないので、先輩使ってください。そのほうがあのペンライトも浮かばれますから」

「うれしいわぁ。ほな、うちも餞別、買《こ》うてくるわ。波留ちゃん、ここでちょっとだけ待っててな」

「餞別なんて。とんでもないですよ。同じ署内にいるんですから、そんなの必要ないです」

「いや、たいしたものやあらへん。購買部で売っているレベルのものや。すぐに戻ってくるさかい、待っててな」

恵里は階段を地下へと飛び降りていった。波留は階段の前で待った。

浪花八分署では地下に食堂とコンビニほどの購買部がある。日用品などは、だいたいここで間に合った。ちなみに町のコンビニより、やや安い。

待っている間に、波留は服装について考えた。

婦警の制服のままでいいのだろうか。それとも官服の黒い上下のパンツスーツになるのだろうか。なにせ、初めての異動だ。どうしていいのかわからない。

戸田恵里がすぐに戻ってきた。

「はい、これ」

コンビニのと同じようなペラペラな袋を渡された。府警のマークが入っている。これを欲しがる一般人も多いから不思議だ。

「先輩、なんですのん、これ」

袋の中を覗《のぞ》いた。色とりどりのパンツが五枚ほど入っていた。

「波留ちゃん、おとといパンツ一枚、なくしたから」

現場で脱がされたパンツは、せっかく恵里が拾ってきてくれたのだが、準強姦罪の証拠物として狭間警部に押収されてしまっていた。

ビニール袋に入れ「朝野波留・パンツ」と書いて、持っていったのだ。

いまも刑事課のロッカーに保管されている。

あれだけは早く返してもらいたい。

「ありがとうございます。せやけど、先輩。派手な色ばかりですね」

中に入っているのは、真っ赤とか、レモンイエローに緑の水玉とか、そんなのばかりだ。

「波留ちゃんもさ、中学生の処女やないんやからな白いパンツばかりやなくて、もう少し派手なのにしいや」

中学生ではないけれど、自分は処女だ。百万遍そう伝えてもこの先輩が理解してくれなかっただけだ。

「これから、たぶん私服になるんやろ。そしたら形も、もう少し小さいほうがええねん。購買部にはこんなノーマルなんしか売ってへんかったけど、ほんとは、タンガとかTを穿《は》いたほうが、波留ちゃんは、ええと思う。女は穿いてるパンツが小さいほど、色気がでるというからな」

波留は返事をせず、ただ長いため息だけをついた。

制服の下に黒のTバックを穿いて、食い込ませている女のアドバイスなんか、聞く耳は持たない。

「じゃあ、頑張ってな」

恵里が交通課へと戻っていったので、波留も六階へと向かう階段をあがった。

2

その部屋の前に「性活安全課」というプレートが掛けられているわけではなかった。かわりに「関係者以外入室禁止」とあった。

特殊部隊らしい雰囲気が扉全体に漂っている。波留は緊張を覚えた。

——自分は捜査員になる。

そういう自覚が生まれた。

警察官になったときの初心に戻って、勢いよく扉をあけた。

そこは交通課とはまったく異なる配置の部屋だった。

だだっ広いだけだった第二会議室が、アメリカの弁護士事務所のように生まれ変わっている。

中央にミーティング用とおもえる大きなテーブル。その周囲にガラス張りの個室が設《しつら》えられていた。八部屋あった。全室ガラス張りだから、そこにいる人間の姿は見えていた。四人いる。

一番奥の中央にいるのが真木洋子課長のようだった。窓の外を見たまま電話をしている。ときおり、顔の前でペンを振っていた。その外国人のようなしぐさが、実にサマになっている女性だった。

その隣の部屋には中年のおっさん。

この部屋にもっともそぐわないタイプの男に見えた。むしろ三階にある組対課《マルボウ》にいるタイプだ。

東京の人間なのだろうが、やけに大阪にマッチしたおっさんだ。腕を拡《ひろ》げて読んでいるのは競馬新聞。波留は好感が持てた。

さらにその次の席。中央の真木課長の席に対して三時の方向に当たる席だが、こだけ、やけに広かった。ほかの個室の倍はある。

パソコンがなんと十台ほど並べられていて、まさにコンソールルームという体《てい》をなしていた。研修で見た府警の交通管制センターをコンパクトにした感じだ。

背中を向けていた男が椅子をクルリと回転させて、こちら側を向いた。

肩にセーターを羽織っている。

しぐさも見た目もテレビ局のプロデューサーみたいな男だった。

目が合った。

かっこいい男だった。

イケメンの男は考えごとをしているようで、波留の顔を見ても、焦点はあっていなかった。

波留は軽く会釈したが、男はすぐさま、椅子を元の位置に戻し、キーボードを叩き始めた。

その隣の個室。一番入り口に近い位置は完全に空いていた。

「そこが、あなたの席だからね。朝野波留ちゃんでしょ」

反対側の列、手前から二番目の個室にいたアヒル口の女性が顔を出した。

「あ、初めまして。本日付けでこちらに異動になりました朝野波留です」

敬礼した。

個室をもらえるなんて夢にも思ってもいなかった。しかもガラスの間仕切り越しに見えるのは超イケメンの先輩だ。

アヒル口の女も敬礼を返してきた。

「私は上原亜矢《うえはらあや》。いまいるのはこの四人だけ。あそこが真木課長。噂は聞いているでしょう」

「はい……キャリアなのに現場でも活躍する凄腕《すごうで》課長だと……」

「それだけじゃないけどね……大阪までは聞こえてないみたいね。この課の現場は修羅場ばかりだってこと……あっ、私は元は新宿七分署の万引き担当」

三十歳ぐらいに見える。明るくて頼もしそうな先輩だ。

「あそこにいるのは松重《まつしげ》さん。もとマルボウ。真木課長が一番信用している人よ」

亜矢が指さしたので、松重と呼ばれた中年刑事が、競馬新聞を閉じて、波留のほうを向いた。眼光が鋭い。

怖い。

そう思って目をそらしそうになると、松重はにたぁ、と笑った。

通天閣《つうてんかく》の近くで、昼から缶ビールを飲んでいる大阪のおっちゃんと変わらない表情だった。

——ひょうきんなおっちゃんやな。

「捜査の設計図は真木課長が書くけど、現場の指揮は松重さん。性安課《こ》はだいたいそうなっているの。一級建築士と大工の棟梁《とうりょう》の関係だと思えばいいわ」

亜矢の口から軽快に飛び出す東京弁が、新鮮だった。

大阪のテンポよりもはるかに速い。

波留は自分がこの中でやっていけるか、少し不安に感じた。

「そこで、コンピューターを操作しているのが小栗順平《おぐりじゅんぺい》さん。ＩＴ担当。イケメンだけど捜査用の新しい技術を開発することしか頭にない男よ。新宿七分署時代から、婦警や女子職員がさんざんアタックしたけれど、誰も落とせなかったわ」

上原亜矢が悔しそうに腕を組み、小栗の背中に舌を出した。

――いいっ。そういう男がいい。

仕事一筋で女になんか目もくれない。そういう男が理想だ。

波留は胸がきゅんっ、と締めつけられた。

「あと三人いるんだけど、まだ到着していないの」

上原亜矢の説明によると、元公安外事課の岡崎雄三《おかざきゆうぞう》、地域課出身の相川将太《あいかわしょうた》、庶務からいきなり刑事に任命された新垣唯子《あらがきゆいこ》がいるらしいが、まだ六本木九分署の後始末に追われていて、到着は明日以降になるらしい。

電話を終えた真木洋子が、自分のルームから出てきた。

「朝野波留さんね。ようこそ。あなたミナミですごい立ち回りをしたんですってね。そういう子じゃないと、エロ担は務まらないから」

それは、パンツを脱がされても、脚を上げたということを指しているのだろうか。

「自信はゼロですが」

波留はスカートの端を押さえた。

「明日からは私服で勤務して。うちは内偵がほとんどだから、制服はなし。官服だけじゃ足りないから、特別に洋服購入が認められているの」

真木洋子はいかにもキャリアらしいマックスマーラのスーツを着ていた。上原亜矢もブルーのワンピースにオフホワイトのジャケットを羽織っていた。

ふたりとも洒落《しゃれ》ている。

「でも、うちはおふたりのようなファッションセンスあらへんので。私服って、かえって、困ってしまいますわ」

つい大阪弁が丸出しになった。

「いいっ、そのアクセント、いいっ。本場の関西弁だぁ～」

突如、小栗順平がガラス箱の個室から出てきた。

にっこり笑って、婦警姿の波留を上から下まで、じろじろ見ていた。

「小栗君、珍しく反応しましたねぇ」

真木が小栗の肩を突いている。

波留の胸は張り裂けそうになった。耳朶《じだ》まで赤くなっているのが自分でもわかる。

「初めまして、小栗です。ファッションのセンスなんて気にする必要はありません。ここでは私服といっても、潜入のための設定によって、着る服が定められるんです。役者が衣装を着るようなものです。ほとんど僕が決めていますから、よろしくお願いします」

そういって手を差し出してきた。波留も手を出した。握手する。小栗の手は柔らかかった。

波留の頭は、さらにボーッとなった。

「おい、小栗、関西弁にでれでれしてんじゃねぇぞ。調べはすんだのかよ」

松重が眉間に皺《しわ》を寄せて出てきた。眼が大きい。

「はい、ミナミで保護したエクアドル人娼婦《しょうふ》の供述に基づいて、いろいろ当たってみましたが、神戸に停泊しているパナマ船籍の『キャナル』っていう貨物船が一番近いです。おそらく大量の売春婦を搬入しているのはその船です」

小栗がすぐに切り返している。フィリピン人だと思った小柄な女性はエクアドル人だったわけだ。

「そもそもは、なにを運んでいる船なんだ」

「バナナです。南米のエクアドルとベネズエラ産、それにフィリピン、台湾《たいわん》のバナナも積んできています」

「バナナ専用船かよ？」

「いやいや。バナナのほかにもパイナップルとかキウイなどの南国産の果物を扱っています。まさかその国々の女も積んできているとは大胆にもほどがありますね。女たちのことは、もちろん入管《イミグレ》を通していません。検疫はサンプリングだけで通していますから、いままで、発見できなかったのだと思います」

「バナナやパイナップルの箱に娼婦を詰めていたのかよ」

「そういうことです」

小栗が続けた。

「航路は南米からアフリカ大陸を抜けて、インド洋、南シナ海経由で日本にやってきます」

「船主は？」

今度は真木が聞いた。

「ニューヨークに本社があるトランプ・シップという船会社です」

「日本での荷受けは？」

「神野《かみの》貿易です。いや女の荷受けではありません。バナナだけです」

「食品専門の貿易会社ね。そこが娼婦も輸入していたの？」

「いえ、神野貿易は中堅商社ですが、堅実な会社でした。この会社と女たちの密入国とはまったく無関係です」

「ということは船か。いつまで停泊している？」

「三日ほどいます。メンテナンスをして、船員たちを遊ばせたら、今度は日本酒を積んで帰るみたいですが、ちょっとおかしい。ほかの荷があるみたいです。積載限度量に比べて、日本酒の量が少なすぎるんです。こんな効率の悪いことをするでしょうか」

小栗はメモも見ないで、一気に伝えている。波留はこの男の記憶力に脱帽した。

「密輸の可能性があるってこった」

松重の眼が光った。刑事というよりも、獲物を狙う獰猛《どうもう》な動物の眼だ。

「ありそうです。そもそも非合法に女を入国させているんです。日本から何を持ち出してもおかしくありません」

「麻薬系かよ」

松重の片眉がつり上がった。

「いや、なにかもっと大きなものだと思います。なんていうかもっと嵩張《かさば》るものですね」

小栗がPCの液晶画面を振り返り、数字を確認している。船の積載量から荷主が申請している日本酒の量を引いているらしい。

真木洋子が首を傾《かし》げて、ボールペンで宙に文字を書いている。何かを考えるときの癖らしい。考え終わって、波留のほうを向いた。

「あなた、明日神戸に行ってくれる?」

「えっ、私ですか?」

「そう、聞き込み。船舶の周辺調査よ。倉庫関係者とか船員なんかから、情報を拾うの。関西弁使えるの、あなただけだし……」

真木洋子の口調は淡々としている。関西人のように途中にギャグなどは入れてこない。

「ひとりで、ですか?」

「いいえ、松重さんが一緒」

真木洋子が松重を指さした。波留は安堵《あんど》した。

「聞き込みといってもうちのやり方は内偵だから、こちらが、警察だって絶対わかっちゃいけないの。なりすまし捜査をしてね」

「なりすまし捜査ですか？」

「そういうこと。人物設定は小栗君に決めてもらってちょうだい。それから小栗君、あなたは神野貿易をもっと調べて。無関係だとは思うけど、気になるの。最近の経営状態や取引相手を調べあげてちょうだい」

真木洋子はそういうと、大きく背伸びをした。ベージュのジャケットの内側からバストがせり上がる。女から見ても超セクシーな胸だった
「よしっ、私は、六本木にいる岡崎君に頼んで、公安からニューヨークのトランプ・シップをあたらせるわ。そこがどこと繋《つな》がっているかね」

いままでいた部門とは、仕事のレベルが違う。スピード感も違っている。波留は焦った。

「頑張ってね、朝野刑事っ」

上原亜矢に肩を叩かれた。

――うち、刑事になってもうたんや。

若林から餞別にもらった警笛を握りしめた。

3

翌日。大阪駅から三宮《さんのみや》に出た。松重とは駅前で待ち合わせだった。

予定時刻の午後四時を過ぎても松重はまだ現れていなかった。

波留としては、かなり露出度の高いファッションで立っていたので、正直、恥ずかしかった。

「南京町《なんきんまち》で、なんか食べへん？」

軽い感じの大学生にナンパされた。どうみても「ナンパしてください」という服装だった。

そこに松重が現れた。

「おお、待たせたな」

黒革のジャケットを着た松重はサングラスまでしている。どうみてもその筋の人間にしか見えない格好だった。

大学生は震えあがって、すぐに立ち去った。

「いえ、ほとんど待っていません。わたしもいま来たばかりです」

波留は持っていた大きめのトートバッグで股間のあたりを隠した。

ショートパンツの丈が短すぎるのだ。しかも裾は斜めに大きく切れ上がっている。ちょっと脚を上げただけで、間違いなく、脇からパンツが見える代物だった。

上半身は白のピチピチTシャツ。

こちらはバストの盛り上がりが、実際以上に高く見え、ブラジャーの色と柄が、くっきり透けていた。ちなみに黄色のブラだ。

首からは三種類のネックレスをジャラジャラ下げていた。

パンツまで小栗に指定されていた。黄色に黒の縞柄《しまがら》のパンツ。

——私はラムちゃんか。

「別人になったたな」

松重が驚いたように目を丸くしている。

小栗順平の考案した設定は、『外国船の停泊する波止場にやってきた船員相手の娼婦とその売人』だった。

いまどきこんな設定はないと思う。戦後すぐの進駐軍相手のパンパンとチンピラではないのだ。

「じゃあ、行こうか」

松重が勝手に歩き出した。元町《もとまち》の方へと向かっている。

「あの、中突堤《なかとってい》に行くんじゃないんですか」

貨物船キャナル号は中突堤に停泊しているはずだった。

「ギャング映画じゃねぇ。こんな恰好《かっこう》で、波止場をうろついて、どうする」

「えっ？　船の周辺で、船員をキャッチするんじゃないんですか？」

「あのなぁ、売春婦を買っても、船の中に持ち込めるわけじゃないんだ。元町のはずれにある船員が集まるレストランに行く」

「そうですよね」

波留は慣れない東京風イントネーションで答え、松重に続いた。

「朝からこのあたりをうろついて、キャナル号の船員や、やばそうなやつが集まるレストランを割り出した。さっき小栗にも裏を取らせたが、どうやらそこは、密輸の窓口にもなっている場所らしい」

波留は呆気《あっけ》にとられた。松重は単独で、そこまで割り出していたのだ。

陽《ひ》が西の空に傾きかけていた。

元町のおしゃれストリートを極道丸出しの松重と、下着丸出しの波留は、並んで歩いた。

すれ違うカップルや女性グループたちの視線が痛い。

「あそこだ」

松重が顎をしゃくった。

その店は元町1番街を抜けた中途半端な場所にあった。ビルの一階。

中南米風のイラストを掲げたレストラン「タックスへイブン」。

「いかにもな店名ですね……」

「あぁ、パナマ人とか、英領バージン諸島の人間が集まる店として有名らしい」

「そうですか」

いったものの波留にとっては、パナマ人もバージン諸島の人も外国人というひと括《くく》りでしかない。

透明アクリルガラスの扉を開けて店内に入った。

驚いた。

この時代にあって、店内は紫煙に満ちていた。よく見ると大半が葉巻のようだった。

ＢＧＭはタンゴ。

洗練されたコンチネンタルではない。猥褻《わいせつ》なアルゼンチン・タンゴだ。

波留が学んでいたダンススクールにもタンゴ科はあった。友人がいたせいもあって、ときどき授業を見学させてもらった。タンゴはどのダンスよりもセックスを連想させると、思ったものだ。

松重の背中を追って店内に進んだ。

紫煙を手で払いながら、テーブル席に目をやると、ほとんどの席に外国人が座っていた。波留を指さしながら、いやらしい視線を向けてくる。波留は本能的にポケットに手を突っ込み、警笛があることを確認した。

交通巡査のお守り。この警笛が身を守ってくれているようで、指でその存在を確認すると、心が落ち着いた。

松重はまっすぐに一番奥のテーブルへと進んでいた。

『RESERVED』と書かれたプレートが置かれた席だった。

松重はそのプレートを脇に押しやり、勝手に座ってしまった。波留もその向かいに腰を下ろす。

すぐに日本人のウエイターがやってきた。

日本人なのに、周囲の外国人以上に巨体の男だった。レスラーのような体躯《たいく》だ。ハムのような腕には錨《いかり》のマークの刺青《いれずみ》をしている。

波留はいよいよギャング映画の様相を呈してきたと感じた。

「この席はすでに予約されている。カウンターにしてくれないか。その方がその子の身体《からだ》も全員からよく見える」

ウエイターがメニューの角でバーカウンターを指した。

「この子にはすでに予約が入っている。あんたキャナルって船の関係者を知らねぇか」

松重が巨軀の男を見上げながら聞いていた。ついでにジントニックと付け加えて、一万円札を三枚置く。

ウエイターはすぐにテーブルに手を伸ばし、三枚の札を胸ポケットにしまい込んだ。

「船員なら、まだ来ていないな。けど、もうじき日本側のエージェントが来るよ。この席を予約している連中だ。あんたらの同業者だ。女を売りに来る。いいか、縄張り争いはするな。話を通すなら穏便にやれ。店でトラブルを起こしたら、俺がだまっちゃいない」

ウエイターは腕を組んで、波留を見下ろした。オーダーは？　と聞いている顔だ。

「あっ、はい、コーラを」

ウエイターは首を振った。太い首だった。

「あんたは、モヒートにしておけ。ここは中南米レストランだ。そうしておけ」

波留は頷《うなず》くしかなかった。

とにかく頭の中が恐怖で膨らんだ。

日本のエージェント？　同業者？　トラブルを起こすな？

ウエイターの言葉に、いちいち松重は頷いていたが、波留の心臓はすでに張り裂けそうになっていた。

——なんてったって刑事初日だ。

松重が腕時計を弄《いじ》った。

ツマミを回しているのだが、針が動くわけでも数字が回るわけでもない。時計盤に文字が流れていた。

しばらくして、その腕時計が軽く震えた。

「小栗がいうには、モヒートっていうのは、娼婦が好んで飲む酒らしい」

腕時計にメール機能がついているとは知らなかった。

三分ほどしてテーブルの上に、ジントニックとモヒートが置かれた。

店内にいる男たちの視線が一斉に波留に注がれるのがわかった。

松重がテーブル隅に押しやっていた『RESERVED』のプレートを高々と掲げた。店内からため息がこぼれる。

「飲んだら帰るぞ。ここの客が酔っ払って、発情しだしたら、俺ひとりじゃ手に負えない。奴《やつ》らは、傷害罪ぐらいだったら、船に逃げこんでしまえば勝ちだと思っている。特に数時間後に出航する奴らは、やり逃げも考えているだろうよ」

「そんなの怖いです」

「狙いはついた。ここに来るエージェントを張ればいい。もはやこの店に用はない。出るぞ」

松重はジントニックのグラスを一気に呷《あお》った。波留も飲んだ。松重はテーブルの上にさらに千円札を二枚置いて立ち上がった。

表の扉に向かって足早に歩く。波留も続いた。

真ん中あたりのテーブルを通り過ぎようとしたとき、すっと手が伸びてきて、太《ふと》腿《もも》を触られた。右脚の付け根のあたりだ。

黒人だった。ジャズ歌手のルイ・アームストロングに似た顔をした黒人。

波留は怖くなって一瞬立ち止まった。それがいけなかった。

ショーパンの裾から、黒人の太い親指が、するすると入ってきた。

ハイカットのショーパンだ。あっという間に、黒い親指に股間を捉えられてしまった。

「うっ」

割れ目の上縁を押された。薄地のクロッチの上からいきなり突起の部分を押されていた。身体中に電撃が走った。人生初の体験。

こんな形で女の肝心な部分を触られるとは思ってもいなかった。

「いやぁあああああ」

波留は叫んでしまった。ほとんど絶叫だった。

ルイ・アームストロングのような顔をした黒人が慌てて手をひっこめた。

カウンター前にいた巨軀のウエイターが、すっ飛んできた。

「あんた、プロじゃねぇ。何を探りに来た」

波留は腕を取られた。店内に引きずり戻される。

松重がウエイターの腹を蹴った。凄《すさ》まじい一撃だった。たっぷりと張り出した腹に、松重の革靴がめり込んだ。

店内は冷静だった。黒人も、白人もこんな殴り合いなどは、船の上では日常茶飯事という顔つきで、飲んでいる。

床に転がったウエイターが立ち上がる前に、カウンターの中から別な男が飛び出してきた。

日本人ではない。小柄なアジア系。手にアイスピックを持っていた。

波留は失禁しそうになるのを必死でこらえた。自然に内股になる。

松重が慎重に腰をおろして身構えていた。それでも警察証は取り出さない。あくまでもアウトローを演じ切りつもりのようだ。

波留としては店内中央に茫然《ぼうぜん》と立ち尽くすしかなかった。

こんなときのマニュアルはまだ教えられていない。

扉のそばにいたもうひとりの日本人が内鍵を閉めた。

カチャッと、ロックされる音。

その音をきっかけに、店内のＢＧＭのボリュームが最大になった。

聞き覚えのある曲だった。ダンススクールのタンゴ科のレッスンで聞いたことがある。

アルゼンチン・タンゴの代表的な曲だ。「ラ・クンパルシータ」。

独特な四分の二拍子。こんな緊張した場面だというのに、自然と腰を振りたくなる曲だった。

アジア系の男が、奇声をあげて、松重に飛びかかった。

松重が躱《かわ》した。代わりに男の眉間に拳を叩き込んでいた。四分の二拍子のリズムにうまく乗っていた。

松重の背後に転がっていたレスラーのような男が立ち上がった。波留が知らせる前に、松重を羽交い絞めにした。

「くそっ」

松重が呻《うめ》いている。肘鉄で応戦しているが、今度は巨体の男はびくともしない。ずるずると松重の身体を店内に引き戻していた。アジア系の男が頭を振りながら立ち上がった。ふたたびアイスピックを持ち、松重を狙っている。

男は松重の太腿に視線を走らせている。たぶんそれがプロのやり方なのだろう。警察と同じだ。

まず相手の脚力を奪う。それが鉄則だ。

波留も警察学校で習っていたが、使う場面がなかった。

松重はそれでも、無言でアジア系の男を睨《にら》みつけている。アジア系の男も慎重になっていた。不用意に飛び込んで膝蹴りを食らうのを警戒している。唇をきつく結んで、間合いを取っていた。

プロとプロの喧嘩《けんか》だった。膠着《こうちゃく》状態となった。

突然波留の腕が取られた。またもや不覚を取った。横に座っていたルイ・アームストロングだ。松重が捕らわれているのだから、波留を狙わないはずがなかった。

声もしわがれていた。

「ねえちゃん、おめこ、見せてくれよ」

そういわれ、いきなりテーブルの上に倒された。片言の日本語だった。

「いやっ。ノー、ノー、ノー」

波留は腕を振り回して叫んだ。

羽交い絞めにされたままの松重が、目の前のアジア系の男を睨んだまま、叫び返してくる。

「抵抗するな。仕事だと思え、一発やるぐらい、なんでもない。金はちゃんと取れ」

めちゃくちゃなことをいっている。

巨体の男が松重を押さえたまま、首を曲げて波留の顔を覗き込んでいる。

――やっぱりあんたはプロなのかい？

そんな値踏みするような視線だった。

波留は無言で睨みかえした。それ以上、どうすればよいのかわからなかった。

黒人の指が太腿に伸びてきた。

ほかのテーブルの男たちも、波留の周りに集まってきた。黒人、白人、アジア系の総勢七人。全員の眼が血走っている。

「ノー、ノーや」

曲が変わった。これも知っている。「エル・チョクロ」だ。別名「キッス・オブ・ファイアー」。タンゴのなかでも、とりわけエロい曲だ。

背後にいた白人にバストを押さえられた。グローブのような手で、Tシャツとブラの上から、わさわさと揉《も》まれる。

黒人の指がショーパンの裾をめくった。すぐに黄色と黒の縞模様パンティが露見した。恥ずかしすぎる。

「そのパンティ……ねえちゃんハンシンファンよ」

――ラムちゃんのつもりが、阪神ファンにされた。

「俺が、指を入れてやるよ」

パンティクロッチの脇から、人差し指が潜り込んで来た。生まれて初めて男に触れられてしまう。

「いやぁあああああ」

脚をバタバタと動かした。抵抗するなといわれても、本能が拒否しているのだからどうしようもない。

巨体の男がふたたび、振り返って波留の表情を見ている。

波留は息を飲んだ。今度の視線は値踏みではない。巨体の男もまた、波留の大切な部分を見たいという眼をしている。

黒人が、ぺらっ、と股布をめくった。

一瞬にして、女の肝心な部分が、男たちの目にさらされる。

「オー、オメコ」

「いやあぁああ、見ないでっ」

膝がガクガクと震えた。内腿が波打っている。

黒人はサービス精神旺盛だった。周囲の男たちに、波留の恥丘を見せながら、その丘の上に二本の指を這《は》わせてきた。

いやだ、それだけはいや。開かないで……

願いはあっさり却下された。割れ目を、さっ、と開かれた。

女の中の中まで、曝《さら》け出してしまった。

今度は声が出なかった。全身が硬直して、喉すら鳴らなかった。

「濡《ぬ》れているじゃねぇか」

黒人に開いた女の花ビラの中心を撫《な》でられた。太い指だが触り方はソフトだった。四分の二拍子で撫でられた。

波留はポケットに手を突っ込んだ。

咄嗟《とっさ》に思い出していた。警笛が入っている。交通課のベテラン警部補からもらったお守りだ。

すぐに取り出した。

一瞬、黒人の眼が光ったが、取り出したのが笛だったので、笑顔になった。

波留の花びらの上でリズムを取っていた指が、次第に下がってきた。淫の穴に向かっているのは間違いなかった。

涙が出そうになってきた。

どうすればいいのかわからない。不快などという感覚は飛び越えていた。恐怖。それ以外のなにものでもない。

つづいて背後の男がTシャツの襟から無理やり片手を突っ込んで来た。ブラジャーの内側に入ってくる。

「あっ」

乳首を突かれた。触られた。こちらも人生初だ。

白人の人差し指に押されて、それほど大きくはないはずの豆粒が、乳山の中に埋まっていく。白人男は喜びの声をあげた。

波留は歯を食いしばった。昨日までの交通課での平穏な日々が、次々と脳裏に浮かぶ。目の縁が温かくなってきた。もうだめだ。

気が付くと警笛を口にしていた。

とうとう黒人の人差し指が、穴の上に舞い降りてきてしまった。

──挿入されてしまうっ。

ピーッ。警笛を吹いた。無意識のうちに吹いていた。喜悦に顔を歪《ゆが》ませて、波留の股座《またぐら》の前に顔を垂れている黒人の耳元で吹いていた。

耳を劈《つんざ》くほどの大きな音色を出していた。

「オーノー」

黒人が悲鳴をあげて、床に転げ落ちた。右耳を押さえて、目を見開いている。涙をこぼしていたのは黒人のほうだった。

波留はそのまま、背後の男の首に腕を巻き付け、自分の胸の前にまで、頭を引っぱり込んだ。

この男の耳元でも警笛を吹いた。男の目尻が引きつった。

大きく息を吸い込み、何度も息を吐き出した。

ピーッ。ピーッ、ピーッ。左右両方の耳に響かせてやった。

「わぁああああ」

喚《わめ》き声は万国共通だった。白人は両耳を押さえたまま、頭を振り、壁に向かって突進していた。激しく身体をぶつけている。

鼓膜を破くほどの巨音だったのかもしれない。

交通課巡査のシンボル警笛は、本当に守り神だった。

波留は大先輩の若林正樹の皺だらけの顔や、それに戸田恵里の笑顔を思い浮かべながら、警笛を吹き続けた。周囲の男たちは面食らったのか、耳を押さえて後退《あとず》さった。

「うわっ」

松重の膝蹴りが炸裂《さくれつ》していた。

アイスピックを持ったまま、飛び込んで来たアジア系の男の顔面を見事に打ち砕いたようだ。同時に羽交い絞めをしていた巨体ウエイターに肘鉄をくらわせていた。

「ううう」

呻く巨体の男の背中に波留は近づいた。

そっと耳元に警笛を向け、盛大に吹いた。耳の穴を貫通させる勢いで、吹いた。左右の耳に吹いた。

「あぁあああ、耳が痛い。おいっ、何も聞こえないぞ」

巨体の男は叫び声をあげていたが、その自分の声が聞こえないらしく、がっくりと床に膝をつき、途方に暮れたように、天井を仰いでいた。

シーリングファンがゆっくり回転している。

扉の前のもうひとりの日本人の男は、カウンターのほうへと逃げている。

「行くぞっ」

松重豊幸《とよゆき》が扉のロックを開けた。

いつの間にかBGMが止まっていた。

まだ陽が残っている通りへと飛び出した。

通りの反対側から政党の演説が聞こえてきた。市議会の補選が始まったばかりだった。

「神戸をシンガポールのようなフリーポートにしましょう。日本威信の会は、関西の威信を取り戻すために、働きます。どうか、どうかひとつよろしくお願いします」

久しぶりの表舞台に戻ってきた日本威信の会の前大阪市長が熱弁をふるっていた。

そんなことは、波留にはどうでもよかった。

二十六年の人生で初めて、男におめこを見せた。しかも触られたのだ。もう少しで穴に指を入れられるところだったのだ。

「松重さん、ひどいじゃないですか。一発やられたっていいじゃないかは、パワハラです。助けようとしないなんてひどいです」

波留は松重の背中に向かって怒鳴った。松重は正面だけを見据えていた。

「署に戻ったら、署長に談判します」

松重が振り返った。にたぁと笑っている。

「朝野、おまえさん、もう浪花八分署の人間じゃないんだ。署長に文句をいっても始まらない」

「じゃあ、誰にいえばいいんですか？」

「いうなら、桜田門《さくらだもん》の久保田《くぼた》総務部長にいえ。俺たちは警視庁総務部の直轄だ。しかも間もなく、警察庁に移管されるそうだ。そうなれば警察庁長官に文句をいってもらうしかない」

二の句が継げなかった。

「それより、あの男の顔に覚えはないか？」

松重が、通りのかなり先から歩いてくる男女を指さした。ひとりは金髪の男で、もうひとりはスタイルの良い女だった。

波留は目を凝らした。男の顔には見覚えがあった。頭を殴られた思いだ。

「あれは、セルシオの男です。間違いありません」

三回目の目撃だ。もはや間違いようがない。

「顔認証に掛けた男だな」

「はい」

「綾部剛一。ミナミの法善組《ほうぜんぐみ》の下請けもやっているらしい。ひょっとしたら、あいつがエージェントかもしれん」

ところで、もうひとりの女は何者だ？

やけにスタイルの良い女だ。波留は、女として、嫉妬を覚えた。

第三章　元町バトルロワイヤル

1

松重豊幸は綾部剛一と連れの女が歩いてくる方向に背を向けて歩きだした。歩きだしながら、朝野波留の肩を抱きよせた。

「借りが出来たな」

「……」

昨日、所轄の交通課から転属になったばかりの朝野波留の肩は、まだ小刻みに震えていた。よほど怖かったと見える。

「いろいろ、辛《つら》い思いをさせてすまなかったな。しかし性安の捜査に、こうしたリスクはつきものだ。これからも、覚悟してくれ」

元町方面へと歩きながら、なだめるように伝えた。

真木洋子が、朝野波留を現場に連れていくよう命じたのはたぶん荒療治だったのだと思う。

――性活安全課はいつだってオン・ザ・ジョブ・トレーニングだ。

危険を承知のうえで、まずは現場に慣れてもらうしかない。

松重は知っている。真木洋子自身、最初の潜入捜査で身をもって体験しているのだ。そのときの体験からか洋子がいっていた。

『松重さん、風俗業って、入店体験にやってきたその瞬間に、セックスさせてしまうんですってね。この仕事が初めての人間は、よく考えたら絶対に逃げ出す。だから考える前に、やらせちゃうんだって』

どうやら性安課もその制度を導入したらしい。

それにしても、オン・ザ・ジョブ・トレーニングとしては度が過ぎた。一昨日まで制服を着て交通整理をしていた婦人警官が、男にアソコを見られて、触られたのだ。

――それはショックだろう。

そしてこの新人が警笛を鳴らさなかったら、松重自身も危なかった。松重としては逆に借りができてしまった思いだ。

「松重さん……なんでマルタイと反対側に歩くんですか?」

波留が、いっちょまえにマルタイなどという言葉を使った。綾部剛一のほうを振り返りそうになっている。松重はその小さな頭を、片手でむりやり押さえつけた。

「あいつらに顔を見せるんじゃない。おまえさんが綾部剛一の顔を記憶しているように、綾部もおまえの顔を覚えているはずだ」

いってきかせた。

「すみません。もうひとりの女が気になって」

「おそらくあの女が売春婦の元締めだ。綾部はただの下請けボディガードに過ぎないだろう。あの店で今夜の女の手配と今後の商談をするつもりだったはずだ」

「それなら、もっと近くに隠れて張り込んだほうがいいんじゃないでしょうか」

朝野波留は手の甲で目の縁を拭いている。まだ恐怖から抜け出していないらしいが、気丈なそぶりを見せている。

根性だけは据わっているようだ。松重は感心した。

「いや、あいつらは店に入るなり俺たちが荒らしたことを知る。今夜の取引はすべて中止にするはずだ」

「尾行して、あの人たちの居場所を確認するべきでは」

よほど悔しいのだろう。朝野は捜査をしたがっていた。だがはやる気持ちを、いったん落ち着かせたほうがいい。

「二年前の俺なら、そうしていた。すべてを自分の足と目で探らなければ気が済まなかったからな」

「私もいま同じ気持ちです」

波留が松重の顔を見上げながら、きっぱりといった。

松重は気づかれないように、素早く振り向いた。案の定、綾部と連れの女はタックスヘイブンの中へと消えていった。

歩を早めなければならなかった。松重は波留の肩を抱き、三宮の駅へと急いだ。

「性安には小栗というハイテクを駆使する人間がいるんだ。小栗がすでに、この辺りのすべての防犯カメラに侵入して、彼女の顔を撮っている。それで顔認証をすれば、あらかたは判明する。そこから集中管理だ。あの女に限らず、派生する人間関係をすべて集中管理する」

集中管理とは真木洋子がつけた呼び名で、デジタルとアナログのすべてを動員して徹底的に追跡調査をする捜査方法だ。

張り込みというより、諜報《ちょうほう》活動に近い。

真木は友人であるＣＩＡ日本支局の林勇樹《はやしゆうき》の力も借りている。アメリカ大使館の中にあるＣＩＡジャパンだ。

警視庁の上層部には内緒で、真木はＣＩＡジャパンのハイテク機能や諜報のエキスパートを活用しているのだ。

どうでもよいことだが、松重は真木と林が出来ていると踏んでいる。すくなくとも一回ぐらいは、やっているはずだ。それがプライベートだったのか、業務だったのかは、わからない。

ただ刑事の直感として、ふたりは親密すぎると思う。一発やっていなければ、秘密主義のＣＩＡがそうまで協力してくれると思えない。

顔認証そのものもＣＩＡジャパンのデータバンクを利用させてもらっている。警視庁よりも正確だ。

松重はそうした捜査方法をかいつまんで説明してやった。

「つまり小栗とＣＩＡジャパンの解析力があれば、捜査員百人分に相当するわけだ。だから性安課は、朝野を入れて八人でも、一個師団分の捜査力をもっていることになる」

「それでは、私たちは、これからどうするのでしょうか？」

波留が悔しそうな顔を向けてきた。アソコを見られた恨みは根深いだろう。

松重は考えた。とにかく波留を、いちど落ち着かせなければならない。今日のことがトラウマになって、いざというときに足手まといになっては困る。

「最寄《もよ》りの所轄に行って、情報分析をやろう」

どうでもいいことを提案した。緊張をほぐすには、どうでもいいことをするのが一番だ。

「このへんだったら、神戸三十九分署だな」

松重は腕時計を見ながらいった。

時計の文字盤にタッチしただけで、液晶画面に変わる。

これは映画「００７」の大ファンの小栗が開発したシークレット時計だった。あの男は捜査員用の秘密兵器を開発することに血道《ちみち》をあげている。

松重は小栗のことを、最初のうちこそ子供っぽい若者だとバカにしていたが、最近はその製品にずいぶん助けられ、いまでは一目置いている。

画面にナビマップが送られてきた。神戸三十九分署までは歩ける距離だったが、松重としては急ぎたい。すぐに手をあげ、タクシーを止めた。

「よかったです。その署には、専門学校時代の友達がいるんです。洋服を借りることができます」

ようやく波留の顔がやわらいだ。

神戸三十九分署は赤い煉瓦《れんが》の瀟洒《しょうしゃ》な建物だった。場所柄あか抜けている。

松重が警察証を示すと、受付の婦警が何も聞かずに「四階へどうぞ」といってエレベーターのほうを指さした。

軽く会釈だけして署内を進んだ。エレベーターの前について、横にある案内プレートを見ると四階はすべて組織犯罪対策課だった。

「よくできた受付嬢だ」

ボタンを押しながら呟《つぶや》く。いきたかった場所だ。

「いえ、松重さんの顔をみたら、だいたいの人が、そう答えると思います。マルボウそのものです」

波留がエレベーターの扉に向かったままいっている。

松重はそれには答えず、ただ、うなずいた。波留が冗談のひとつもいえるようになったことに安堵《あんど》する。

四階についてエレベーターの扉が開くと、波留が「わっ」と声をあげて、松重にしがみついてきた。

その部屋はまるでヤクザの組事所だった。

松重には懐かしい光景だ。組対の刑事とヤクザは、ファッションから言葉遣いまで、そっくりなのだ。

「どこのもんじゃいっ」

エレベーターのすぐ前にある応接セットに座っていた梅宮辰夫《うめみやたつお》に似た男が、将棋の駒を投げつけてきた。ちなみに王将だった。

松重は片手で受け取り、握りしめた。

「桜田門の松だ。仁義でも切れっていうのか」

尻のポケットから警察証を取り出し、掲げて見せる。目には盛大な侠気《きょうき》を込める。

「なんやと、そんなこと、府警本部からも、聞いてへんぞ」

梅宮辰夫に似た男が、さらに駒を投げつけてきた。今度は銀だった。

「先輩、ずるいわ。いま、王手や、いうたでしょうが」

梅宮辰夫似の男の前に座っていた柳沢慎吾《やなぎさわしんご》似の男が、立ち上がって文句をいった。

ふたりの間にあるテーブルの上には将棋盤。

「じゃかましわ。いきなり知らん奴《やつ》が入ってきたんで、調子が狂ってもうた。最初からやり直しや」

梅宮辰夫似の男は、将棋盤の駒をがちゃがちゃ、掻《か》きまわしてしまった。

まるで吉本新喜劇だ。

新宿七分署でも同じ光景を何度も見ていた。シンプルな頭脳でなければ、この部署の刑事は務まらない。

マルボウの部屋は、いずこもこんな感じだ。松重は苦笑しながら中に入っていった。波留も付いてくる。

「通訳職員の田中杏樹さん、いてませんか？」

波留が坊主頭の刑事に聞いた。相手は元プロレスラーで俳優の藤原喜明《ふじわらよしあき》に似た男だった。

「なんや、ねぇちゃん、日本語、話せるやんか」

そういうことか……　ここでは関西弁しか日本語ではないらしい。

「うち、浪花八分署の朝野、いいます。田中杏樹とは同期です」

波留の関西弁。このほうがさまになっている。

「さよか、それなら、もう一階上や。事務方さんは最上階やねん。杏樹ちゃんは、ここでも人気者やで」

「杏樹は別嬪《べっぴん》やからなぁ」

「ちゃうちゃう、わしらそんな顔でなんか、見てへん。杏樹ちゃんはな、外国人の売人やら娼婦《しょうふ》の女の口割らすのがうまいんや。それに、わしらがお尻とか触っても、ぜんぜん、おこらへん。きょうび、度胸の据わった、娘やでぇ」

と、坊主頭の刑事が、波留の尻に手を伸ばしてきた。

たったいまきわどい場面に出くわしたばかりの波留だ。これ以上傷付けられたら、困る。

松重は坊主頭の手を取り、捻《ひね》り上げた。

「いててて」

「すまんが、この子は、俺の部下だ。あんたの管轄外だ。触るなら自分の所轄の女だけにしてくれないか」

松重は坊主頭を睨《にら》み付けた。坊主頭も見返してきた。いくつもの火花が飛んだ。

男の貫目《かんめ》を競い合う場面だった。

坊主頭が、にたぁ～と笑った。

「なんや、あんたも暴担《ぼうたん》かいな。そんならそうと、早くいい」

ようやく同業者として受け入れてくれたらしい。

同じ警察官でも職種によって匂いが違う。マルボウにはマルボウ同士の匂いがあり、癖もある。それが絆《きずな》になりもする。

「わけあって、いまはエロ担だ」

松重は坊主頭の腕を放しながら答えた。

背後から声がした。嗄《しわが》れた声だった。

「あんたが、新宿七分署におった松重さんかい？」

振り返ると係長席から白髪まじりの中年男がこちらに向かって歩いてきた。

眼光の鋭さが格段に違っていた。松重は息をのんだ。相当な修羅場をくぐり抜けてきた男の匂いに、目が眩《くら》みそうになった。

「あんたのことは、こっちでも噂《うわさ》に聞いとる。じゃじゃ馬のキャリア課長を手助けしている元暴担ということで有名や。俺は鶴田《つるた》だ。鶴田幸一《こういち》」

「それはお恥ずかしい限りで」

松重は頭を下げた。貫目で負けたと感じたのは、二十年ぶりだった。

「いや、あんたいい眼をしとる。暴担そのものの眼や。で、何をしてほしい」

松重と鶴田は、すぐに打ち解けた。

ソファに座って話をした。将棋盤はすぐに片づけられた。

この間に、波留は五階の友人に会いにいった。波留にいま必要なのは、女友達と会話をすることかもしれない。

松重は、鶴田と意見交換した。

さすがは、所轄の組対課の係長だった。レストラン「タックスヘイブン」のウエイターの素性はすぐにわかった。

武井勝男《たけいかつお》。四十三歳。

パナマに長くいた男だそうだ。メキシコをはじめとする中南米でレスラーをスカウトし、日本の各団体に売り込んでいたのだが、三年前に帰国。突然、レストランを開いたという。

関西の広域指定暴力団直系の組が背後にいるのはわかっているが、なかなか尻尾《しっぽ》を出さないらしい。

鶴田のチームもタックスヘイブンを定点観測しているそうだ。

「あの店は、単なる隠れみの。売春も、あくまでも、あいつの表向きのビジネスやねん」

鶴田としては、外国人娼婦ごときでは叩《たた》いて欲しくないということだった。

「神戸三十九分署《うち》としては、あいつが大掛かりな資金洗浄に絡んでいると見とる。

盆の上がりや、半グレがオレオレで騙《だま》し取った金の上前なんかを、パナマやバージン諸島で洗っとるらしい。国際渉外課と合同で追っかけているところや。せやさかい、単純犯なんかで、引っ張ったら、それこそ糸が切れてまう」

ここは妥協が必要だった。

「性安課《こっち》の狙いは、あの男そのものにあるわけじゃないです。店に手出しはしません。その代わり、あそこに出入りしている人間の一部を張らせてもらえませんか」

松重の狙いはあの女だ。お互いターゲットが違うことを理解してもらう。

「了解した。うちのシマ内《うち》を自由に嗅ぎまわってくれ。いざっていうときは、こっちに発煙筒を打ち上げてくれてもかまへん。なにわエイトさんより早く駆けつけられる」

鶴田が胸ポケットから、煙草《たばこ》を取り出した。メビウスのプレミアムメンソール五ミリグラムだった。

ソファの下から灰皿を取り出す。アルミの灰皿だった。ごく普通に火をつけている。すぱっと煙を吐いた。

「署内で吸えるんですか？」

「ここは神戸や。日本一の暴力団のおひざ元や。煙草ぐらい吸わんことには、ストレスがたまりすぎる」

松重は苦笑した。自分も煙草を取り出した。同じ銘柄だった。鶴田も苦笑した。やくざ者が一番多く吸っているのがメビウスのメンソールだ。

「とても良い時間が過ごせました」

一服し終えて、松重は、鶴田に深々と頭を下げた。

この事件《ヤマ》が終わって、東京に戻ったら、鶴田にメビウスを五カートンほど送ってやろうと思う。

「気張ってな、エロ担さん。困ったら何でもゆうてぇな」

部屋を退出しようとする松重に対して、組対課の刑事十人ほどが立ち上がって敬礼してくれる。イントネーションは違っても、やはり仲間だった。

「松重さん。この人が、田中杏樹さんです」

波留を迎えに五階の国際渉外課へ出向くと、波留は黒のパンツスーツに着替えていた。友人の官服を借りたらしい。

隣に立っている女が、頭を下げた。通訳職員らしい。ロングヘアーがよく似合っていた。スタイルもいい。松重は田中杏樹の尻を見た。紺色のミニスカートの生地を押しあげるように、ヒップが盛り上がっていた。

確かに触りたくなる尻だった。

「波留が性安課の刑事になったやなんて、驚きです。なにか、私にも手助けできることがあったら、いうてください」

「俺は語学がからっきしだめだ。今回の捜査では、助けてもらうことになるかもしれない」

「わかりました」

波留は友人に会って、かなり立ち直っていた。

その日は、そのまま、大阪へと戻った。

2

あくる朝。松重は真木洋子を近くの喫茶店へ誘った。道頓堀の松竹座のすぐ近くにある喫茶店だった。

昨日の事情を話した。

「そっか、いきなり、業務露出しちゃったんだ」

　洋子はモーニングセットの卵焼きトーストサンドを頬張っていた。とてつもなく分厚い卵焼きが挟まれている。

　松重はこれが大阪名物の卵焼きサンドかと、驚いた。厚さ三センチほどの卵焼きである。

　小顔の真木洋子が、顎が外れそうなほど大きく口を開けて食べていた。

「なので、今日は俺一人で神戸に行こうと思う。単独じゃまずいですかね」

「うーん。いちおう決まりですからねぇ。松《ま》っさんといえども、それはだめよ」

　洋子がナプキンで口を拭きながら答えた。

「しかし、昨日の今日だ。彼女には荷が重すぎる。だったら上原にしてもらえますか」

　松重はコーヒーを飲んだ。朝から食事をする習慣はない。

「亜矢ちゃんは、今日はだめ。私と一緒に、別件捜査」

「どちらへ？」

「日帰りで、東京に行ってくる。岡崎君から連絡があったの。キャナル号と荷主の神野貿易を調べさせたら、やっぱり背後に後醍醐《ごだいご》グループが絡んでいた」

「警察庁《さっちょう》の刑事部と検察庁の睨んだ通りだ」

「そうなのよ。もうびっくり。神野貿易は三年前から、後醍醐物産から相当融資をうけているわ」

「またまた、俺らが別件捜査部隊に派遣されたわけだ」

後醍醐グループといえば旧財閥系のコンツェルンだ。八か月前にグループの車メーカー後醍醐自動車で、燃費効率の偽装が発覚して、社長が退任したばかりだった。

もっともその程度のことで、揺らぐ企業ではない。

偽装の指示系統や、実際の燃費効率はどの程度なのかなどの真相は隠されたまま、社長の辞任だけで、うやむやになっていた。

「なんか大物が絡んできそうですな。その辺は課長じゃないとむりだ」

「だから、本庁へ行って、ちょっと調べてくるわ」

それは嘘《うそ》だ。実際にはＣＩＡジャパンを使う気だ。松重は真木洋子の服装を観察した。真っ赤なスーツ。女性政治家が選挙戦で着用するような、派手なスーツだ。

それに普段よりも香水がきつい。勝負する女の匂い。

――課長、やっぱ今日、ＣＩＡジャパンの林勇樹と、やるんだ。

松重は片眉を上げた。

「だったら、所轄の人間借りていいですか？　昨日、捜査協力を依頼したところ、すんなり引き受けてもらいました」

　嘘をいった。正式な打診など何もしていない。マルボウ同士の阿吽《あうん》の呼吸を確認したに過ぎない。

「あら、松っさんにしては、随分と行儀のいい態度だわ。いつも所轄なんて、無視するくせに」

「なにせ、関西には土地勘もないですし、言葉も違う。俺だって多少は現地の顔を立てますよ」

　その割には浪花八分署には、なんら仁義を切っていなかった。間借りをしている署というのは、より対抗心を燃やしてくるので、これはこれで対処が別だった。

「それは私も助かるわ。警察庁《さっちょう》のお偉方にも、地元署と協力し合っていますって、いえますからね。そうしてください。朝野波留ちゃんには、今日は一日小栗くんとお留守番をしてもらうことにします」

　真木洋子はそういうと、伝票を握りしめて、レジに向かっていった。よほど機嫌がいいのか、松重のコーヒー代も払ってくれている。

　支払い中も腰を、ぷるっ、ぷるっ、と振っている。形のいい尻だった。

　――やっぱり、今日は、やるんだ。

松重は上司である真木洋子がセックスしている状況を妄想した。

きっと騎乗位だ。

いきなり真木洋子が振り返った。尻を見つめていた松重は、のけ反った。

「松っさん。それからもうひとつ腑に落ちないことがあるの。昨日の綾部剛一と連れの女。小栗くんが、近くの防犯カメラのすべてに入り込んでチェックしたんだけど、あのふたり、タックスヘイブンに入ってから出てきた形跡がないのよ。ほかの男たちはみんな出てきたんだけどね。小栗君、ひきつづきチェックしてるけど、松っさんも、現場確認してみて」

そういって、また尻を振りながら出ていった。


遅い午後。松重は、三宮に降り立っていた。最初に神戸三十九分署に寄り、国際渉外課に顔を出した。

田中杏樹に会うためである。

「あら、松重さん、こんにちは。今日は波留と一緒やないんですか」

杏樹は標準語で話しかけてきた。勤務時の服装らしく黒のパンツスーツを着ていた。

「そうなんだ。彼女は今日は内勤。実は、キミに頼みがあってきた。任意で協力してくれないか」

松重は正式な捜査提携がなされていないことを、小声で話し、杏樹のプライベートな協力を求めた。

「語学力が必要なんだ」

「わかりました。南京町で、ごはんごちそうしてくれはるなら、私、行きます。私用ということやったら、五時過ぎでも、いいですか」

ハーフアップにした栗毛色のヘアーを弄《いじ》りながら、笑顔を見せている。

松重は内心、しめた、と思った。課長の洋子には捜査員を借りるとはいっていない。あくまでも所轄の人間を借りるといったのだ。通訳職員でも、立派な「所轄の人間」である。

松重は待ち合わせの場所を決めると、すぐに神戸三十九分署をあとにした。中突堤に向かい、停泊中のキャナル号を見上げた。船尾にパナマ国旗をはためかせた古めかしい船だった。船員らしき男たちがふたり降りてきた。いずれも白人だった。それほど大柄ではない。南米系の人間らしい。陽気にステップを踏みながら、元町方面へとむかっていった。松重は尾行した。

男たちは南京町に近い通りにあるスタンドバーに入った。松重は向かい側の花屋で様子をうかがった。

ひとりがショットグラスを呷《あお》りながら、店主に何事か相談している。店主は小柄な白人だった。

ロイド眼鏡《めがね》をかけた痩せた店主が小指を突き立てて、頷《うなず》いた。ＯＫ、ＯＫと言っているように見えた。

店主が携帯電話を掛けている。

五分ほどで、女がやってきた。三人だった。ふたりは小柄な外国人、アジア系。

驚いたことにもうひとりは、昨日綾部剛一と一緒に歩いていた背の高い女。そう、昨夜タックスへイブンで消えた女だ。

松重は身を隠した。

四時三十五分に田中杏樹は南京町の入り口にやってきた。

私服に着替えたらしい。白のコットンシャツにカーキ色のロングスカートを穿《は》いていた。ベトナム風のペンダントをさげている。署内で上原亜矢や新垣唯子が読んでいたファッション雑誌に出ていた「エスニック風コーデ」らしかった。

「お腹空《なかす》いちゃいました」

署で見たときより数段大人っぽく見える杏樹が、腹を押さえて、瞳を輝かせた。

「すまない。食事の前に一杯つきあってくれ」

松重は杏樹を先ほどのショットバーに誘った。

「完璧、フォリナーユースのバーですね」

カウンターの隅で杏樹がほかの客たちを眺めてそういった。西日が差し込むバーには外国人の姿しかない。全員男だ。

松重はウイスキーをロックで、杏樹はペリエを飲みながら様子を窺《うかが》った。

「松重さん、ちょっと怖いんで、私の腰に腕を絡ませてくれませんか」

耳元でそう囁《ささや》かれた。望むところだ。松重は杏樹のウエストの括《くび》れに腕を巻き付けた。周囲に俺の女だ、とばかりに、誇示して見せる。華奢《きゃしゃ》な腰が温かった。

杏樹も身体《からだ》を押し付けてきた。形の良いバストが松重の脇に当たる。当たっているのはあくまでブラジャーのカップとバンドなのだが、その中に包まれた乳房の微熱が感じられた。

客のひとりが、店主に英語で語りかけていた。銀縁眼鏡をかけた神経質そうな白人だった。

かなりの早口だった。

店主は頷き、傍らのスマホをとった。スマホを耳に当てたときに、松重の存在に気づいたようで、酒の並んだ棚の背後にある扉を開けて消えていった。

「あいつなんていった？　日本語でちいさな声でいってくれ」

「中国人の女が欲しいといってました。都合がつかなければシンガポールとかフィリピン人でもええって。欧米系とラテンはいらんって」

せっかく東洋に来たので、その気分を味わいたいということらしい。

五分ほどで、アジア系の女がやってきた。男は店主に封筒を渡し、町中へと消えていく。

三十分ほどの間に、同じように五人の男が、さまざまなタイプの女を呼んで、薄暗くなり出した街の中へ消えていった。

店主の眼を盗み、杏樹に男のひとりに聞いてもらった。

「どこに連絡してもらっているの？　私も仲間に入りたいの。今夜はもうオールで買われちゃったけど。明日の予定がないから」

「ハッシーだよ。神戸についたら、女はハッシーエージェントと決まっている。ニューヨークでも、リオでも、ブエノスアイレスでも、船乗りの間では有名なエージエントだ。店の看板のどこかにⒽのマークがついていたら、そこから連絡が取れることになっている、ただしヒルトンホテルは別だ、あそこのⒽは意味が違う」

そういっているはしから、そのニューヨーカーだという男も、ベトナム人の女を連れて出ていった。

松重はそんな会話だったことを通訳してもらった。

ハッシー？　なんの隠語だ。

「杏樹ちゃん。腹が減っているところ申し訳ない。ほんの二時間ほど、元町でショッピングでもしてきてくれないか」

松重は杏樹に詫《わ》びた。二時間後に南京町の「満蜜楼《まんみつろう》」に集合だ。

「ええ、約束が違いますよ」

杏樹が拗《す》ねた顔を向けてきた。

松重はすかさず、尻のポケットから、札束を取り出した。樹里に五万円を渡す。

「好きな服でも買ってくれ。正式な領収書はいらない。レシートだけ持ってきてくれ」

杏樹の耳元で素早く伝えた。

「ほんとですか？」

杏樹は瞳を輝かせた。女の子には食事より洋服だ。上原亜矢が常々いっていることは本当だった。

杏樹がバーを出ていってから、松重は店主に聞いた。

「日本語は出来るのか？」

「少しなら」

「気が変わったんだ。あの女は金を払って帰した。俺はちゃんとした客だ」

「あぁ、この店に来る客としては珍しい気前の良さだ」

店主がロイド眼鏡を鼻からずらしながらいっている。ゆっくりだが正確な日本語だった。

「ところでハッシーは日本人も取り扱っているのかね」

店主は頷いたが、すぐに付け加えた。

「少しだけなら、いるが、日本人には売らないそうだ」

困ったような顔でいう。

「俺は日本人じゃない。モンゴル人だ。あんた、モンゴル語はわかるか？」

店主は、やれやれという表情で、首を振った。そしてスマホをとった。

3

きっかり五分後。女がやってきた。驚いたことに、あの女だった。午後にもこの店に娼婦を運んできた女だ。

この女がハッシーエージェントと呼ばれる組織の女なのか？

女がカウンターの前に立つと、店主は何も聞かずに、ショットグラスを置き、ウイスキーを注《つ》いでいる。シングルモルトだ。

「ウランバートルから関空に舞い降りたのかしら？」

黒のレザージャケットに、ピンクのミニスカート。細く伸びた脚には、網目のストッキングを穿いていた。

モデルのように整った顔をしている。歳《とし》の頃は三十歳ぐらいだろうか。

「生まれは札幌《さっぽろ》で、育ちは新宿。国籍だけがモンゴル。言葉は日本語しか出来ない」

松重は適当なことをいった。

「事実上の日本人とはビジネスをしないことにしているんだけど、今夜だけは、特別扱いということにしてあげるわ。そのかわり、すべて私のリードでいいかしら」

女は長い黒髪を、五指で梳《す》くように掻き上げた。

「かまわない」

「私、いじめ系なんだけど。それでもいい？」

女はショットグラスを呷った。ＳＭクラブの女王様といった雰囲気だ。

「その方がありがたい」

心にもないことをいった。本音はもっとも苦手な性癖だ。これでもハードボイルドを気取って生きている。女は尻からついてくるものと決めているが、業務上今夜はやむを得ない。

「何て呼べばいい？」

松重は聞いた。

「マユミ。片仮名のマユミ」

マユミと名乗った女が、上唇を舌で舐《な》めながら答えてきた。瞳が艶っぽくなってきている。

「苗字《みょうじ》は？」

間髪おかずに聞いた。

娼婦に限らず源氏名を名乗る人間に、苗字を聞くのは、松重の常とう手段だ。普通の客は聞かない。だから相手も苗字までは用意していない場合が多い。

「……橋元《はしもと》」

マユミは眉根を寄せたが、三秒以内に答えた。この場合、本名であることが多い。

「橋元マユミさんか。覚えやすい」

橋元でハッシーエージェントとは単純明快だ。なら、この女がボスということになる。

「あなたのことは何て呼べばいいの」

橋元マユミが店主に目配《めくば》せをしている。すぐに店主が松重の前にもショットグラスを置いた。琥珀《こはく》色のウイスキーが注がれる。ロックではなく今度はストレートで飲めということらしい。

「安倍雅彦《あべまさひこ》」

刑事は偽名をいつでも用意している。即座に答えた。

「総理大臣と同じ苗字ね」

「あぁ、あべちゃんとでも、呼んでくれ」

松重はショットグラスのウイスキーを呷って見せた。この場合、飲まないと疑われる。

「じゃぁ、あべちゃん、私の行きつけのホテルでいいかしら?」

「OKだ。支払いは、先かい?」

「ここで七万円払っておいてくれる。それでホテル代も込みっていうことになるの」

システムが徐々に読めてきた。

つまり客は高い酒代を払っているというシステムだ。女を買っているのではない。酒代に女が付録で付いている。そういうことらしい。

利口な手口だ。

ここにいた外国人の男たちが、同じように店主に封筒を渡していたのは、そう定められているからだ。

松重は橋元マユミと連れ立って、ホテルに向かった。

心なしか、軽い頭痛がした。ウイスキーになにか混入されたに違いない。

松重は頭を何度か叩いた。たった一杯のウイスキーなのに、ボトル一本開けたように景色が回って見える。

すぐに時計のスイッチを入れた。これで小栗に画像がすべて飛ぶ。

娼婦に何をされるか不明だったので、出来れば終わるまで、時計のスイッチは入れたくなかったが仕方がなかった。

神戸三十九分署に発煙筒メールを入れることも考えたが、まだ早いと感じた。

やっている最中に踏み込まれたくはない。

——なんてったって俺はハードボイルドが芸風だ。

タックスヘイブンからほど近い場所にホテルはあった。古めかしい煉瓦《れんが》造りの建物だった。

「ホテル・レッドマフィア」

実に悪そうな名前だ。

けばけばしい色合いの看板には英語と中国語、それにポルトガル語らしき文字まで並んでいる。マユミが錆《さ》びついた扉に体当たりをするように身体を押し付けて、開ける。

外国映画に出てくる港町の安ホテルの雰囲気のロビーに入る。

「その手の趣味の部屋でいいわね」

マユミに聞かれた。松重はすでに、立っているのがやっとだった。

酔いがぐるぐる回っている。

エレベーターの箱《ゲージ》に入る。鉄柵《てっさく》スタイルの箱だ。耳障りな金属音を立てながら、箱が上昇していく。何階で降りたのか定かではなかった。

部屋は特殊だった。天井からロープが伸びていた。ローテーブルには、いくつもの手錠や数種類の鞭《むち》が転がっている。太い蠟燭《ろうそく》まであった。

ベッドサイドには、三角木馬《さんかくもくば》が置いてある。あれだけは嫌だ。玉が割れるに違いない。

「ほんの少しだけ、休ませてくれ」

松重はすぐにベッドに身を投げた。頭の中で、光の渦がめまぐるしく回転していた。何度か、寝返りを打った。スプリングがギィギィと鳴る。その音が神経を逆なでする。明らかに脳に変調をきたしていた。

「あら、酔うの早すぎない？」

「いや、酔ってなんかいない」

強情を張った。見抜かれたら、マユミはもっと高飛車に出てくるに違いない。まだ何も効いていないそぶりを貫くのだ。

——客として嵌《は》めたのか？　それともこちらの素性を知って捕らえようとしているのか？

後者だとしたら、命を取られることまで、想像しなければならない。

松重は、必死で酔いを醒《さ》まそうとした。

「シャワーを浴びてもいいか」

つとめて冷静を装って、そう伝えた。

案の定、マユミは怪訝《けげん》な顔をした。昏睡薬が効いていないの？　そう顔に書いてある。

「どうぞ。でも、バスルームから出たら、その瞬間からプレイタイムよ」

舌打ちしたい気持ちを必死でこらえている顔だった。

いま、鞭やら、蠟燭やらで責められたら、すぐに記憶を失いそうだ。

十秒ほど横たわっていたので、少しだけ楽になった。自分でも頑丈な身体だと思う。マルボウ時代になんどもヤクザの中に潜入して拷問に耐えた経験が役立っていた。

松重は回転する視界に耐え続け、バスルームへと入った。

震える指でバスタブに湯を注ぐ。ノブを最大に回し、轟音《ごうおん》を立てた。その間に、便器に顔を突っ込んだ。自分で喉に指を挿しこみ掻きまわした。

すぐに嘔吐《おうと》した。鼻がチーンと痛い。

吐くだけ吐くと、あたりの風景が正常に見えてきた。

「ふう」

松重はようやく安堵の息を吐いた。

バスタブの湯が満タンになっていた。松重は真っ裸になってバスタブに飛び込んだ。陰茎は萎《しぼ》んでいた。気持ちはハードボイルドでも、陰茎は半熟状態だった。

ほんの二十秒ほど湯につかり、すぐに出た。頭は冴《さ》えだしていた。

バスタオルを腰に巻き、ベッドルームへと戻った。腕時計だけは付けた。ゲロを撒《ま》いているときだけは、外したが、あとは逐一、小栗に画像を送っておくしかない。

4

部屋に戻るなり、びしっ、と鞭が飛んできた。一条鞭だった。

肩から胸にかけて袈裟《けさ》形に打たれる。

ヤクザに金属バットで脛《すね》を打たれたことはあるが、女王様に鞭を打たれた経験はない。初体験。

「いてっ」

叫んで、松重はよろけた。薬が効いていたら、そのまま気を失っていたに違いない。床に膝をついて耐えた。

橋元マユミは、下着姿になっていた。黒のレザーの上下に、網タイツ。見事な女王様スタイルだった。

そのまま肩と背中を打ち続けられた。痛い。本当に痛い。これが快感だという人間の気がしれない。

松重は、むしろ殴り返してやりたいとさえ思った。

その気持ちを抑えて、ベッドの上に倒れ込んだ。

無意識のうちに、うつ伏せに倒れていた。男の本能だ。バスタオルにくるまれているとはいえ、股間の急所を打たれるのは防ぎたい。背中と尻は、鍛えてあるので自信があった。

打ち続けられたが、松重は耐えた。冷静な思考で、意識がとおのきだしたふりをした。

「おっちゃん、ようやく落ちてくれはった？　私、もう痺《しび》れてしもたわ」

いきなり関西弁になった。マユミが鞭を捨てる音がした。

「もう、眠い」

枕に顔を押し付け、頭だけを振った。

「そやろなぁ」

マユミが、おそらくあちこち蚯蚓《ミミズ》腫れになっているだろう背中を、撫《な》でてくる。ひりひりと痛んだ。飛び跳ねたい気持ちを抑え、歯を食いしばった。

「プレイ続けるで。今度はええ気持ちにしてあげる」

バスタオルを取られた。尻をむき出しにされる。こっぱずかしかった。

その尻を割られた。肛門《こうもん》を覗《のぞ》かれている気配を感じた。ぴちゃっ。よだれが落ちてきた。

「うっ」

さすがに声が出る。生温かい唾液が肛門にあたり、そのまま皺玉《しわだま》のほうへと流れ落ちていく。何滴か食らった。

次第に、陰茎がハードボイルドになってきた。ベッドマットに押し付けているので、ズキズキと痛みだした。

「あっ」

図らずも、また呻《うめ》いてしまった。

マユミが背中に乳房を押し付けてきている。いつの間にかブラジャーが外されていて、柔らかい乳山で撫でられはじめた。乳首は大きめだった。蚯蚓腫れに、ときどき触れるが、指先とちがって不思議と痛くなかった。こそばゆい感じだ。

「大きなってるかなぁ」

背後から抱き着くような形になっているマユミの手が、腰の前に伸びてきた。

「ビッグやわぁ」

細い指を陰茎に絡めてくる。根元から、亀頭に向けて何度か摩擦された。

一気に射精感を高められた。

いきなり身体をひっくり返される。松重の開いた両脚の間に、マユミが正座していた。パンティも脱いでいる。太腿《ふともも》の間から、繊毛が、すこしだけ見えていた。

「鞭のあとは飴《あめ》やからね」

マユミが上半身を倒してきた。尖《とが》った陰茎の上に顔がかぶさる。すぐに温かな口《こう》腔《こう》に包まれた。亀頭冠の裏側を、べろりと舐められた。

「おぉおっ」

迂闊《うかつ》にも、先走りの液をこぼしていた。

「気持ち、ええねんな。そのまま眠ってしまうと、もっとええ気持ちになるわ」

マユミが赤んぼうをあやすような口調でいい、頭を上下させた。

そのままバンザイをする格好で、腕を伸ばしてきた。淫棒を舐められたまま、左右の乳首を撫でられる。

「うぅううう」

実際には頭はクリアなのだ。そのぶん快美感はダイレクトに押し寄せてくる。

「挿《い》れさせてくれ」

「命令口調はあかんで」

マユミはすでに皺玉までしゃぶっていた。真っ赤な唇を大きく割り広げ、片玉ずつ交互にしゃぶってくれている。

「……」

懇願することなど、松重には出来ない。持って生まれた性格だ。仮に泥酔していたとしても、そういうことはいえない。

「おめこに、棹《さお》を挿したいです、お願いします、っていいなさいな」

金玉をしゃぶりながら、手で肉棹を激しく摩擦してくる。

いえるわけがなかった。いかに任務であっても、女に懇願などできない。

肉茎への摩擦がつづく。第一波を噴き上げた。カッコ悪いが仕方がなかった。

「強情っぱりな、刑事さんやなぁ。そういう人には、こっちから、手錠掛けたるわ」

マユミが刑事という言葉を発したので、凝然《ぎょうぜん》となったが、その瞬間にマユミの右手が激しく律動したので、どうすることも出来なかった。

「おぉおおお」

びゅん、びゅん、と噴き上げていた。

人間、射精中に何かをしようとしても、出来るものではない。まず出すことだ。すべてはそれからだ。

「なにを……うわっ、やめろ」

皺玉の奥から亀頭の先端へと、精汁がせり上がっているその最中に、手錠をかけられた。

まず右手だった。手錠の片側はベッドの隅からはみ出ている金具に掛けられた。

まずいと思ったが、動けなかった。

マユミは金玉を握ったまま、ポンプのように押してくる。亀頭の切っ先から精汁を噴き上げるたびに快感に背筋が疼《うず》く。松重はまるで腰が抜けたように、その場で呆《ほう》けていた。

マユミの動きは素早かった。玉袋と肉杭《にくくい》をあやしながら、松重の残りの手足のすべてに、手錠をかけてしまった。

すべての精汁を噴き上げ終えたとき、松重の身体はベッドに張りつけにされていた。完全なる不覚だった。

「いつ、刑事《デカ》だとわかった」

「顔見た瞬間っていうか、行く前から」

橋元マユミは服を着始めていた。裸でベッドに張りつけられている松重を見下ろしながら、笑っている。

「同業者だとは思わなかったのか」

ほんの少しでもマユミ側の情報を得たかった。

「昨日店を襲われたときまではまったくわからへんかったわ。でもさっきのバーに連れてきてた子。あの子のおかげで、ぜんぶわかってしもたの。ほんま、偶然のヒットやったわぁ。刑事さん、あの女の子、スケベな子やで。クリトリスめっちゃ、大きいで」

マユミが不敵に笑った。

「なんのこった？」

「その先は、自分で考えたらよろし。これから快楽地獄を味わわせたるから、その間にゆっくり考え。心配せんでええわ。彼女には手をださへん。いまごろ、うちの女の子が満蜜楼へいって、おっちゃんはこれへんようになったから、帰りぃ、って伝えてるわ」

橋元マユミはすでに服を着ていた。神戸三十九分署の田中杏樹から素性が割れていたとは、いったいどうなっているんだ。

「ほなさいなら」

マユミはそのまま出て行った。

松重は手足を繋《つな》がれたままの状態で、天井を見上げているしかなかった。真っ裸で寝返りすら打ちようがないのだ。

腹が冷える。陰茎の先端は汁を噴いたまま放置されていたので汚れたままだった。茂みにも、いくらか飛び散っていた。

いくら肩や腰を動かしても、どうにもならなかった。精力を使い果たした直後では、脳も回らない。

五分ほどして、女が三人入ってきた。日本語であいさつされた。

自己紹介によると、フィリピン人のメアリー、台湾人の連蔡《レンツァイ》、エクアドル人のララの三人だった。全員バナナの産地から来た女だった。

いやな気がした。

「オー、バナーナ」

案の定、フィリピン人のメアリーがそう叫んで、松重の陰茎に口を近づけてくる。大きな瞳のグラマーだった。メアリーに汚れたままの亀頭をペロンと舐められた。

「ぅぅう」

射精した後なので、まだくすぐったい。それに勃起していない。それなのに、メアリーは裏筋をべろべろ舐めてくる。

「チョト、ショッパイネ」

勝手に舐めたくせに、メアリーが顔を顰《しか》めた。そのメアリーをいきなり突き飛ばして、連蔡がかっぽり咥《くわ》えた。

「台湾サイズ……」

大きなお世話だ。

「私にちょうどいいサイズ」

連蔡はしっかりした日本語だった。ほとんど日本人と変わらない体型と顔立ち。かっぽり咥えたまま、いきなり頭を上下させてくる。

「ウエイト、ちょっと待て」

まだくすぐったかった。松重は背中と腰を突き上げて、女を押しのけようとした。プロレスのフォールを防ぐような仕草だった。

まだ柔らかい陰茎を、連蔡に、むりやり大きくさせられた。プロの舌は巧みだった。

充分発情もしていないのに、男根だけは、とにかく大きくされてしまう。ディープスロートを食らっている間に、メアリーに乳首を舐められた。これも効いた。胸板の上の小さな男粒を交互に舐められ、ちゅうちゅうと吸われていると、肉棹もさらに漲《みなぎ》ってくる。連蔡の頭が激しく上下し始めた。この女たちは、とにかく男の精子を搾り取ることに血道《ちみち》をあげている。

松重には快感でもあり苦痛でもあった。

すぐに発射した。連蔡の口の中に、先ほどよりも、威力のない小さな飛沫《ひまつ》を放った。五十歳を超えての、連発は、苦しい。わき腹が波打っていた。呼吸が乱れる。

それでもふたりはやめなかった。

「もう一回抜く……」

メアリーがそう呟いた。

悪夢に近い。なんども射精させられるという拷問があるとは知らなかった。

この間に、エクアドル人だといっていたララが服を脱いで、真っ裸になっていた。ラテン系の白人は、ふたりのアジア人に比べて、やや大柄だが、筋肉は引き締まっていた。繊毛は見事に剃毛《ていもう》されてしまっている。つまりパイパン。

ララはベッドサイドに腰をおろし、女ふたりに責め立てられている松重を眺めながら自慰を始めた。自分で乳房を揉《も》み、秘口を人差し指と中指で掻きまわしている。一番淫乱なのは、このララかもしれない。

「もう、出ない。たくさんだ。それよりも手錠を外してくれないか。プレイはもう終わりだ」

松重は連蔡に向かって、そう頼んだ。一番日本語が通じそうな相手だった。

「だめよ。あなたは死ぬまで、やられるの。精子全部抜かれて、干からびて、死ぬの……」

連蔡がソフトクリームでも舐めるように、亀頭の隅々にまで舌を這《は》わせながら、そう答えた。

もう射精しつくしているというのに、フェラチオを止《や》めてはくれない。

すでに肉棹が不感症になっていた。

メアリーも、乳首から口をはなさない。唇を吸盤のように窄《すぼ》め、ちゅばっ、ちゅぱっ、と音を立てて吸ってくる。

「んんんっ」

意思に反して快感が、何度もやってくるからかなわない。

引き潮のように徐々に遠ざかっていく快感なのだが、それでも、十秒に一度ぐらいの間隔で乳首がズキンと疼き、肉茎がさらに硬直した。

快感だが苦しかった。これが橋元マユミがいった快楽地獄なのだろう。

松重は、全身に倦怠感《けんたいかん》を覚え、弛緩《しかん》していくのを感じた。眠くなってくる。そうでなくても、男は射精した後は睡魔に襲われる。しかし……

——いまは、寝たら、命を持っていかれる。

松重はヤクザと闘っていた日々を思い出した。殴られても、殴られても、立ち上がり、逆にヤクザを不気味な恐怖に陥れていたあの頃を思い出していた。

脳内にそんな過去の映像をよみがえらせることによって、アドレナリンを増幅させていた。フェラチオも乳首のベロ舐めも、もはや拷問だった。

連蔡は、くにゃくにゃになった陰茎に、ときたま歯を立てながら、皺玉を潰《つぶ》すように握りしめてくる。その握りが強まった。

「うぉおおお」

鈍い痛みが下半身に走った。金玉が、ぐしゃっ、という音を立てる。

——だめだ。これは確かに死ぬ。

死因が「睾丸炸裂《こうがんさくれつ》」というのも刑事冥利に尽きる。

「うっ」

メアリーが右の乳首を、きつく嚙《か》んだ。千切れるほどの強烈な咬合《こうごう》だった。

「んんんんん」

両足に力を込めて踏ん張った。悲鳴は上げまいと、歯を食いしばった。

しかし耐えきれるのは、そこまでだった。

もう一回、金玉を握りつぶされた。連蔡の手のひらに渾身《こんしん》の力が込められていた。

「おぉおおおおお」

ベッドから身体が浮いた。全身から汗が飛び散る。責めは睾丸潰しだけではなかった。

次の瞬間に、尻の穴を狙われた。連蔡の人差し指だった。一切のためらいもなく、肛門に挿し込んで来た。

「おぉおおおおおおおおお」

松重は初体験だった。硬い尻道をむちゃくちゃ、搔きまわされた。

「おぉおおおお」

盛大に叫んだ。

連蔡がようやく陰茎から、唇を離した。勃起していた。肛門に指を挿し込まれたまま、むりやり勃起させられていた。

松重は半ば失神しかけていた。

「台湾バナナがやっとエクアドルバナナになったねぇ」

ララが歓声を上げていた。

連蔡とメアリーに英語でまくしたて、ふたりをどかせると、自分が松重の身体の上に跨《またが》ってきた。

とにもかくにも、尻道から連蔡の指が抜けたことが幸いだった。

ララが蹲踞《そんきょ》の体勢で松重のほうを向き、ガチガチに硬直した肉棹を摑《つか》んだ。

松重はふたたび意識を取り戻し、事態を打開させる道を思案した。あきらめてはだめだ。

「私の日の丸に挿入して……」

ララの真っ白な身体の股間で、秘裂が紅《あか》く輝やいている。

——たしかに、そりゃ日の丸だ。

形のいいヒップが肉杭の上に舞い降りてきた。

「んんん」

すっぽり入った。ララは自分でずっと掻きまわしていたせいか、肉壺《にくつぼ》はすでにぬるぬるだった。

「あぁああっ」

ララも目を細めた。そのまま腰を上下させる。ぬぽっ、ぬぽっ、と出し入れされた。四肢を固定している手錠がガチャガチャと鳴る。

「もう、出る汁がねぇ。勘弁してくれ」

ララがフィニッシュの体勢を取ったと見るや、メアリーと連蔡は、帰り支度を始めた。

「私、三十分後に戻ってくるわ」

メアリーがララにそういっている。連蔡も松重のほうを向いた。

「私は一時間後に来る。そのあとも次々に、女が来るよ。あなた、死ぬまで、セックス。そして死ぬね。このホテル、趣味のホテル。いろんな死に方あるね」

不気味に笑って、ふたりが出て行った。

ララは、ピストンをしたままだが、ふたりきりになった。松重は、肉棹を突き立てながら、チャンスはいましかないと感じた。

「日本の警察を舐めるなよ」

たどたどしい英語で、そういってみた。

「ホワット？　……私、舐めるのが仕事……」

通じていない。

そこを舐めた話ではない。精神のことだったが、どう伝えればいいのか……ソウルと台北《タイペイ》しか行ったことのない松重は英語がだめだった。

内容を変えた。

「ミナミでエクアドルの娼婦を保護した。いずれ、あんたらの背後関係も洗われる。俺に協力するならいまだぞ。安全は保証する」

知っている単語を繋げてみた。

「ミナミ？　それってカロリーナかな」

カロリーナ？　実際にはそこしか聞こえていない。

松重は、どうにか単語を並べられても、聞くことはほとんどできないのだ。保護した娼婦の名前なんて聞いていなかった。

ここは高田純次《たかだじゅんじ》の芸風で行くしかない。つまり適当に、ということだ。

「たぶんそうだ。ヤクザにこき使われていた」

とにかく歌舞伎町の外国人マフィアが使うような、めちゃくちゃな英語でまくし立てた。チャイナマフィアもロシアンマフィアもみんなでたらめな英語をつかっていた。

「わかったわ。私、あなたを信じてみるよ」

ララが、すぽんっ、と肉棹を抜いた。意思が通じたらしい。

素早く手錠を外してもらう。松重はすぐさま服を着た。ようやく腕時計を触ることが出来た。文字盤に向かっていう。

「小栗っ。全部消せっ」

部屋を出た。ララが外階段を指さした。エレベーターを使うのはまずいらしい。指示に従うことにした。ホテルの裏に出た。表通りに並行して狭い路地がある。人ひとりほどしか通れない路地だった。

星が輝いていた。表通りや店から、嬌声《きょうせい》やさまざまな外国語が聞こえてくる。

十五分ばかり走った。ララのほうがタフだった。日ごろ、腰をつかっているだけのことはある。松重はよたよただった。

どこをどう走ったのかはわからない。かなり遠回りして、ララはタックスヘイブンの裏側に出ていた。

タックスヘイブンの真裏の路地。マンホールがあった。ララがふたを開ける。見た目は鉄の蓋。しかし、実際にはゴムの蓋だった。軽々と開けられるわけだった。鉄製の梯子《はしご》があった。ギャング映画を通り越して、スパイ大作戦の様相を呈してきている。

ララに続いて階段を降りる。トム・クルーズ気分だ。降りるとコンクリートの壁の下に懐中電灯が置かれていた。ララが点《つ》ける。

真《ま》っ直《す》ぐに伸びた道がある。これはプライベート地下道だ。誰かが市役所も水道局も把握していない地下道を勝手に作っていたのだ。

まさにアンダーグラウンドなやつらだ。橋元マユミと綾部剛一がタックスヘイブンから出てこなかったわけがこれでわかった。

「ゴー」

ララが走る。千メートルほど走る。息が切れた。

着いた先は、中突堤の真下だった。あたりを見渡し、地上へと出る。目の前に大型貨物船がそびえたっていた。キャナル号。その脇にクルーザーが一台。

「マユミママは、いつもあれで、オオサカに帰る」

小栗がいくら防犯カメラに侵入しても足取りがつかめなかったわけだ。さすがに海上にまで防犯カメラは設置されていない。

松重は時計を操作した。時計に向かって囁く。

「いま映っているクルーザーを解析しろ。おそらく昨夜も大阪港に着いている。そこから橋元マユミは上陸している。その先どこに行ったか探ってくれ」

キャナル号がサーチライトを回転させてきた。

松重は光の輪に入るのを避けながら、ララを抱いて中突堤を歩き回った。

歩きながら発煙筒メールを打った。この場合、神戸三十九分署だ。

松重たちに向かって黒い車が二台、フルスピードでやってきた。クラウンだった。

これは警察ではない。印象としてヤクザだ。咄嗟《とっさ》にそう判断した。

「あの人たち、ヤクザ。船を降りて女の半分を連れていった。私、モトマチ。カロリーナはミナミよ」

ララが松重にしがみついてきた。だいたい読めてきた。ヘッドライトが四本、すでに松重とララを捉えている。

目を凝らしてみると運転しているのは角刈りの一重瞼《まぶた》の男だった。キャナル号の甲板にも人が集まってきていた。ライトがあてられた。目が眩むほどの強力な光度だった。

そのとき、海上から火花が上がった。見ると水上警察のパトロール船だった。赤い発煙筒を何本も打ち上げながら、中突堤に突進してくる。

二台のクラウンは急ブレーキをかけた。

パトロール船のラウドスピーカーから声がした。

「ようこそ神戸港へ。本日、イベントのため、夜のカップル歩きは危険ですので、当船でお送りいたします」

間違いなく神戸三十九分署の組対課係長鶴田幸一の声だった。

第四章　心斎橋《しんさいばし》ハッピーハプニング

1

「あ～あ」

液晶の大画面を見ながら、小栗順平が目を覆っている。波留はちらりと小栗の部屋を覗《のぞ》いた。ガラス張りの個室なので、小栗がどんな画像を見ているのか、波留にもすぐにわかった。

「一番見たくないものを見てしまった」

そういっている。

小栗は頭の後ろで手を組んで、背もたれが折れそうなほど、身体《からだ》を倒していた。

それもそのはず、画面の中では、松重豊幸が男根を硬直させて、外国人の女の股間に突っ込んでいたのだ。

波留は見て見ぬふりをした。午後八時だった。もう帰ってもいいころだと思う。

そもそもこの課での勤務時間というのも、まだ聞かされていない。

昨日から思っていることだが、誰もが、勤務時間とかそんなこととは無関係に働いているのだ。

ランチの時間さえ決められていない。この課はまるでブラック企業だ。

波留は帰り支度をはじめた。

「朝野く〜ん。手伝ってよ。とっても、めんどくさい解析作業になった」

小栗から呼び止められた。

一瞬、どうしようか迷い、小栗の横顔をじっと見た。やっぱりいい男だ。

「はい、なんでしょう。一晩中でもお手伝いします」

いそいそと小栗の個室に向かう自分がいた。

「俺は、このクルーザーが昨夜、大阪のどこに着いて、その先この女が、どこに行ったかを探る。たぶん、それだけで、二時間はかかる。すまないけど、まず朝野君は、この日本人の女の写真を、東京に行っている真木課長に転送してくれ」

小栗が自分の隣の席を指した。小栗は五台ほどのパソコンを同時に扱っている。

「はい。あの朝野じゃなくて、波留でいいですけど……」

さりげなく伝えた。

転送したカラー画像には鞭を持った下着姿の美人が映っていた。昨日元町で見かけた、松重が娼婦《しょうふ》の元締めといった女だ。

——松重さんは、もうこの女にまでたどりついたんだ。凄《すご》い。

さっさと帰りたくなっていた自分を恥じた。

「じゃあ、波留ちゃん、その転送が終わったら、次はこのプリントをもって、刑事課の狭間さんのところに行ってくれ。保護しているエクアドル人に、知り合いかどうか、確認してもらってほしいんだ。ただし、こちらの動きは絶対もらさないように。性安《うち》は浪花八分署の管轄じゃない。すべては桜田門の指示にしたがっている。やりにくいだろうけど、こちらが確認したいことだけを聞いて、すぐに戻ってきてくれないかな」

小栗はすぐに自分の目の前にある一番大きな画像を向いた。

いくつもの港が映し出されている。その映像に、一台のクルーザーの画面を移植《レスポンス》させている。

船体認証らしい。

「了解しました」

すぐに転送を完了した。真木洋子から返事が入る。

――画像拝受。本庁の組対、公安、それに星条旗のぜんぶにあたる。十五分で割れると思う。

そう書いてあった。波留は小栗に読んで聞かせた。小栗は軽く人差し指を上げただけで、自分の仕事に没頭している。

すぐにまたメールが入ってきた。

――こちらも、感触アリ。神野貿易は後醍醐物産から、簿外融資を受けているの。それも完全な債務超過のレベルだわ。つまり表面的には優良企業だけど、内情は火の車ってこと。バナナの輸入販売では独占しているけど、利益は薄いみたいね。

それも読んで聞かせた。

「ええ、神野貿易から今度は後醍醐物産までとんじゃったのかよ。また調べることが増えるじゃん」

小栗が口を尖《とが》らせている。

「私に出来ることならなんでも、サポートします」

「よっしゃあ。真木課長や松重さんが戻ってくるまでに、完璧な裏取りをしておこう。波留ちゃん、早く刑事課に行ってきて」

「はいっ」

波留は立ち上がった。

今日からパンツスーツで出署していた。性安課は、捜査部門だ。容疑者との格闘があることも充分わかった。いつでも脚を蹴り上げられる覚悟が必要だった。その場合、パンツスーツのほうが、気にならなくていい。

「あの波留ちゃん、余計なことだけど、この課に来たらいろいろ、ストレスがたまる。自分で調整した方がいいよ。ちなみに亜矢ちゃんや、唯子ちゃんは、イライラしたら、いつもオナニーで解消しているんだって。最近は課長もそうしているらしいよ」

小栗はあくまでも液晶画面を向いたまままいっている。

「オナニーですか……」

返事のしようがなかった。交通課では出たことのない話題だ。復唱しただけで耳《じ》朶《だ》まで熱くなった。波留はそれ以上答えず、廊下に飛び出した。

刑事課のある三階まで、階段で降りた。降りながら、真木課長がオナニーをしている様子を思い浮かべた。あのきりりとした顔からはまったく想像できない。上原亜矢に関しては、ある程度想像できた。まだ着任していない新垣唯子は、昨年までは庶務課にいた人間だと聞いている。事務系の女子のほうが自慰好きかも知れない。そんなことを考えながら、三階に降りた。

——ちなみに、自分はオナニー、したことない。

刑事課に飛び込むと、狭間警部がデスクで報告書を書いていた。用件を伝えると「よっしゃあ」といって、指で階下をしめした。

「二階の留置場ですか？」

「アホかぁ。売春は現逮しかできひん。容疑者でもないのに檻《おり》には入れられん。不法入国容疑だが、本人がいうには拉致されたそうだ。いま府警を通じて、エクアドル大使館と交渉中や。よって、婦警宿直室に保護しとる」

保護といっても軟禁には違いない。まだ背後関係がはっきりしていないのだ。それまで大使館に引き渡す気はなさそうだ。

ふたりで婦警宿直室に入った。おかげでこの四日間、当直婦警は会議室を使用しているらしい。

波留はプリントを見せた。上半身裸の写真。彫りの深い顔が、快感のせいなのか歪《ゆが》んでいるように見えた。巨乳の真ん中にある乳首は硬直している。

ちなみに下半身も写っていたのだが、小栗がトリミングしていたのだ。残り三分一の画面には、松重の男根を受け容《い》れている女の秘孔が写っていた。

「ララ、これララよ。ベストフレンド」

写っていた女との関係はすぐに割れた。カロリーナが話し出した。

ふたりは同じ船で日本に連れてこられていた。リオデジャネイロへ観光旅行に行った際に、拉致専門のマフィアに攫《さら》われたのだという。

オリンピックスタジアムの前で、声をかけられ、いきなり催眠タオルで口を塞がれ、車に乗せられてしまった。

それからどういう経路で、日本に来たのかはまったくわからない、という。いつの間にか船に乗せられ、船底の部屋で、何十人もの船員とセックスをさせられた。セックスをしなければ、海に放り投げるといわれて、さまざまな性技を仕込まれたのだそうだ。

「船には、最初女が二十人ぐらい、いました。一《ワン》か月《マンス》ぐらい乗っていたと思う。どこかの港に着くたびに、女が増えて、コウベについたころには、五十人ぐらいになっていました。みんな違う国だよ」

そういってカロリーナはララのカラープリントを抱きしめた。

「それぐらいわかれば、ええんと、ちゃうか。性安《そっち》が知りたいんは、売春婦の入国経路やろ。すぐに上に知らせたら、ええ」

狭間はそれ以上詮索してこなかった。性安課の捜査状況を知りたいのだろうが、波留を困らせるだけだと思ったのだろう。それ以上聞いてこなかった。

「ありがとうございます。私はただのパシリですが、これで繋《つな》がりが見つかったようです」

波留は狭間に礼をいった。

「そんなこといわんでいい。捜査は、それぞれのやり方や。ほかの部のもんには、なんもいわんでいい。わしらが何か摑《つか》んでも、上同士の捜査会議にでもならへん限り、おしえへん」

奥目の狭間が煙草《たばこ》を一本取り出して、口に咥《くわ》えた。メビウスだった。火はつけなかった。波留は先輩刑事から、薫陶《くんとう》をうけた気がした。

――しゃべったらあかんのや。うち、そういう任務についたんや。

あらためて、そう悟った。

廊下を走って階段へと急いだ。波留にエレベーターに乗る習慣はなかった。いつも階段を上り下りしている。これがもっとも有効な脚力の鍛錬だと思っている。

交通課の前を横切った。

「おぉ、元気のええこっちゃ」

ちょうど廊下に出てきた若林正樹と鉢合わせになった。

「どうもっ。元気でやっています」

「さよか……あの警笛、ちゃんと持っとるかいな」

若林が唇の前で笛を咥えるポーズをした。

「もちろんです」

波留は黒のパンツのポケットから警笛を取り出して見せた。落とさないようにベルトにチェーンで繋げてある。

「これのおかげで、本当に助かりました……実は……」

といい出しそうになって、慌てて口に手を当てた。たったいま狭間から暗に捜査員の心得を教えてもらったばかりだった。

「いえ、なんでもないです。いずれ、ゆっくり交通課へ報告に行きます」

すぐに階段を上がった。

「なんでもええから、よう気張りや」

「はいっ」

波留は振り返った。心の中で、大先輩である若林正樹に手を合わせる。

2

「小栗さん、このプリントの女性、やはり保護されているエクアドル人の友人でした。同じ船で日本に密航させられてきたそうです。ブラジルマフィアの……」

性安課に戻るなり、息せき切って、たったいま聞いてきたことを伝えたが、すぐに小栗が、手のひらを掲げて、制してきた。

「ブラジルマフィアから荷物を受け取っているのは、たぶん兵庫風神会《ふうじんかい》だろう。その直系のミナミの法善組が橋元マユミを拾いあげている」

小栗が画面を指さしていた。波留はすぐに小栗の背中にまわって画面を確認した。

大阪港。昨夜二十三時四十二分三十六秒の静止画が映し出されていた。

松重が送ってきた画像と同じクルーザーがアップにされている。

「この女っしょ」

小栗が口を尖らせて、風船ガムを膨らませていた。

「間違いないですねっ」

映っているのは、深紅のレザージャケットにジーンズをはいた橋元マユミ。

昨夜、彼女はタックスヘイブンに入ったきり消息を絶っていたが、いつの間にか、大阪港に現れていたのだ。

「で、法善組と繋がっているという証拠は」

法善組は道頓堀から難波《なんば》あたり一帯をシマにする組だ。そもそもはテキヤ系で警察とは協調的な組だったそうだが、バブル崩壊後に兵庫風神会の傘下になってからは、過激になったという。組対課の事情に詳しい署内食堂のおばちゃんからそう聞いていた。

「この出迎えの車。ナンバーを割ったら、法善組の組員の愛人が経営しているラウンジバーの名義だった」

小栗が画面をコマ送りしている。暗い中突堤に黒い車が映っていた。ハーバーライトのかすかな光でナンバープレートが見えていた。さらにコマ送りされた。

「あっ」

波留は叫んだ。車の後部座席の扉を開けている男。太った男だ。

「この男、私のスカートをめくって、パンツを下ろした男ですっ」

道頓堀の裏路地で、襲ってきた黒服集団のリーダー格のデブ。間違いなくあの男だ。小栗は、波留の脈絡のないいい方に驚いて目を丸くしている。

ぱちんっ。小栗の眼の前で、風船ガムが割れた。

「波留ちゃん、こいつにパンツを脱がされたんだ……」

小栗が振り返り、波留の股間に視線を寄越した。爽やかな顔立ちのわりに、ねっとりした視線だった。

「どこ見てんですか？」

波留は股間の上で両手を重ねた。

「いや、別に……」

小栗がまた画面のほうに顔を戻した。

いまの小栗の視線は熱かった。

股間が火照った。処女でも火照る。男を知らなくても、自慰をしたことがなくても、股の奥はもやもやするのだ。

小栗はパソコンのキーボードをせわしなく操作していた。デブの運転する黒い車は御堂筋を南に向かって走っていた。大丸百貨店にほど近い信号を左折する。

波留もその画面を見守った。

「おぉお、ビンゴ。やっとたどり着いた。橋元マユミはこの店に入った」

小栗が画面をクローズアップさせた。心斎橋筋の目立たない店。波留にとっては近所の通りなのだが、その店は記憶になかった。

「もっと、アップにできますか」

「わかるか？　荒れて見えるけど、ほら橋元マユミがこの小さな扉から入っていく」

周囲は商店だらけだが、その茶色のビルには扉しかついていない。橋元マユミは、確かにその扉をあけて、デブの男と共に入っていった。

扉に何か文字が見える。波留がその文字を読み上げた。

「HAPPY　INC……ですか」

「って、何屋なんだ？　中はバーとか？」

小栗も首を傾《かし》げる。

「ちょっと待ってください」

波留は、自分の席に戻りパソコンを操作した。生活安全課や刑事課が活用する、管内の飲食店リストだ。地域課と連携して、日々更新しているマップ付きリストを閲覧した。

「そこは飲食店ではありません。単なるオフィスかもしれませんが、あのデブが入ったとなると、組織犯罪対策課が把握しているかもしれません。私、聞いてきましょうか」

「いや、待って。申し訳ないけれど、聞きに行ったら、性安《うち》がその会社に目星をつけたのを、みすみすここの組対に教えるようなものだ。俺らの業務はすべて隠密。所轄に知られたくないこともある」

小栗の目が鋭く光った。

「すみませんでした。捜査員はそうじゃなくては、いけないんですよね……」

「波留ちゃんや所轄の人を信用していないんじゃない、ただ、性安が扱う事案は、風俗系の単純犯罪ばかりとは限らないんだ」

そういって小栗は口を閉じた。

波留はうつむいた。

まだ、自分自身が信用されていないのが明白だった。

これまでの捜査の中で、ミナミ一帯に大量の売春婦が流れ込んでいるのは、なんとなく把握できた。しかし、それなら、府警の各部門が連携して捜査にあたるはずだ。それなのに、わざわざ頭ごなしに警視庁から風俗対策の専門部隊である性活安全課が派遣されてきている。

考えてみれば、これは相当複雑な背後関係があるということだ。課長の真木が東京に行っているのも、訳ありな感じがする。

――この事件、本来は、東京発信？

そう考えれば府警そのものが、動かないことにも納得が出来た。

それにしても、と波留は思った。

「小栗さん、うち捜査中におめこまで、見られたんですよ。いちおう信用してくれませんか……」

三日前まで、ミニパトに乗って交通整理をしていた一介の婦警が、女の一番大事なところを晒《さら》したのだ。しかもいまははしくれといっても性安課の正式メンバーだ。

「うち、おめこ、見せたんですよっ」

波留はもう一度いった。きっぱりといった。小栗の視線が泳いだ。

「いや、悪かった。じゃあいう。真木課長が伝えるまでは、黙っているつもりだったんだけど、そうだよなぁ、波留ちゃん、うちの正式メンバーだよね」

「そうですよ」

「この事件、最初から後醍醐グループが絡んでいるとの仮説があったんだ」

「はい？」

後醍醐グループとは、旧財閥で日本一大きな企業グループだ。それぐらいは波留にもわかっていた。でもヤクザや風俗業とはまったく結びつかなかった。

「それだけじゃない。さっき波留ちゃんが、カロリーナの聞き取りに行っている間に、真木課長から連絡があった。関東保守会議が動いている」

――なんやそれ？

波留は首を傾げた。

「関東保守会議は、パッと見は財界と政界の懇親団体ということになっているけれど、実際には利権団体だ。歴代の保守系内閣を支えながらも、その裏では、自分たちの企業に都合のよい政策を実施するように、そのときどきの内閣に圧力をかけ続けている」

「そんな国を動かすような凄い企業や団体が、なんで、ミナミの売春と繋がるんですか？」

「理由はわからない。だから、まず俺たちが、送り込まれた。売春婦の先に恐喝や汚職の糸が見えたら、その先は刑事部や検察にバトンタッチだ」

波留は片手で口を押さえた。とんでもない捜査の一員になってしまったと、鳥肌がたった。

「松重さんの口癖だ。おま×この向こうに巨悪が見える」

小栗にまた股間を見つめられた。

黒いパンツの股に筋が浮かんでいた。偶然だ。すぐに手で押さえた。


性安課の扉が開いた。

「いやぁ、遅くなりましたぁ。大阪って、パスモのほかに独自にイコカっていうのがあるんですね。おもわず買っちゃいましたよ」

波留よりやや年上の女性だった。その後ろから、さらに男が入ってくる。

「うい〜すっ。御堂筋線って、混んでますね」

いかつい男だった。耳が側頭部にくっついている。一目見て体育会系男とわかった。

「こんにちはぁ、じゃないか、こんばんは、だね。新垣唯子です」

「あっ、あなたが噂の朝野波留さん？　はじめまして、相川将太です」

上原亜矢に聞かされていた性安課のメンバーだ。

「岡崎さんも明朝、大阪に入ります。課長たちは午前中には戻ってきます」

相川がいった。

どうやら、ようやく性安課の全メンバーが大阪にそろうようだ。

「こちらこそ、よろしくお願いします。朝野波留です」

波留は深々とお辞儀をした。


あくる日の昼食時に性安課のメンバーが全員、顔をそろえた。

心斎橋のうどんちりの名店「にし家本店」の二階の個室で、いわば出陣式となった。真木課長のポケットマネーで全員ににぎわい膳「葵《あおい》」が振る舞われた。

一の膳がつるつるのうどん。二の膳は季節の煮野菜。三の膳はお造りで、赤身と白身で、まさにめでたいイメージだ。

「いよいよ、第一の砦《とりで》に、乗り込むわ」

真木課長が、裁判所からおりたばかりの家宅捜索の令状を全員に見せた。

通称「札《ふだ》」。波留はこの種の札は初めて見た。

食事が終わったら、いよいよ、全員で、橋元マユミが入ったビルにガサ入れをかけることになる。午前中にフォーメーションが決められていた。

そのとき岡崎雄三というあらたな先輩を初めて紹介された。

端正な顔立ちのキャリアだったが気さくな印象だった。外国語の達人なのだそうだが、もっと早く着任してきてくれれば、神戸にもこの男が内偵に行ったことだろう。

岡崎はブリティッシュブルーのスーツがよく似合っていたが、霞《かすみ》が関《せき》と違って、ミナミでは、違う世界の人たちが同じようなスーツを着て闊歩《かっぽ》している。間違えられなければよいのだがと、波留は内心心配したが、初対面なので余計なことをいうのは、やめた。

「とにかく、オフィスの中にあるものはすべて押収しましょう。キャナル号、外国人娼婦、ヤクザとのつながり、必ず、なんらかの証拠があるはずだわ」

午前中のミーティングで真木洋子からそんな訓示があった。

これからガサ入れだというのに、他のメンバーからは、緊張している様子はうかがえなかった。普通にランチして、芸能タレントやプロ野球、それに大相撲《おおずもう》の話なんかをした。相川は豪栄道《ごうえいどう》と勢《いきおい》のファンだというので好感が持てた。上原亜矢は嵐のファンで、新垣唯子は関ジャニ∞の村上信五《むらかみしんご》が大好きなんだそうだ。

ちなみに岡崎は熱狂的なジャイアンツファンだというので、

「この町では、それはあまりいわへんほうがいいです」

と警告しておいた。

松重は意外なことにタイガースファンだった。

松重は今朝がた、ララというエクアドル人を連れて、神戸から戻って来ていた。

田中杏樹には悪いことをしたと、謝られ、彼女が無事、神戸三十九分署に戻っていることも教えてもらった。

小栗は来週にでも吉本新喜劇を見に行きたいという。

波留はみんなとうまくやっていけそうだと思った。

ちなみに真木洋子だけは、それらすべての話に無関心のようで、白身の刺身を口に運びながら、ずっと英字新聞を眺めていた。

ランチが終わったところで、その真木洋子から細長い箱を渡された。

「波留ちゃん、これ性安課のメンバーの証《あかし》」

すぐに開けてみる。時計が入っていた。神戸で松重が嵌《は》めていた時計だった。

ふと気が付いて顔を上げると、全員が同じ時計を嵌めていた。

「刑事用携帯電話《ポリスモード》をうちは使っていないの。代わりがこの性安時計《シークレット・ウォッチ》。小栗君の開発による、オールインワンのすぐれものよ。発煙筒メールから、画像送信、スピーカーフォンとなんでもござれ。この課と桜田門の総務部だけがやり取りできる仕組みなの」

波留がすぐに、時計を嵌めると、他の七人から小さな拍手が起こった。人目をはばかる小さな拍手だ。

「認められたんですね。私」

うるっとなった。

3

「その通りを、曲がってすぐのところにビルはありますから、車はここに付けておいた方がいいと思います」

案内役の波留が教えた。長堀通り。心斎橋筋との交差点手前で、そう伝えた。

小栗が大型の外国製ワゴン車を運転している。

ハマーだ。ヒップホップ好きの仲間たちの間では憧れの車だった。もちろん浪花《なにわ》八《エイト》分署の所有車ではない。ナンバーは紺色の外ナンバー。交通課時代は「面倒くさいから、だまってスルーさせよ」と指示されていたナンバーだ。

ダッシュボードにＣＩＡ－ＯＳＡＫＡと刻印されている。どこから調達してきたのか知らないが、まるでマンガみたいだ。

運転席には様々な特殊装置らしいボタンや液晶画面がついていた。

車を大通りに止めて、小栗以外の七人が降りた。

「いきなりの突っ込みはなしよ。証拠隠滅を図られないように、まずは普通に訪問する形をとる」

真木洋子が再確認すべく、そういった。一同が頷《うなず》く。

午前中に決めたフォーメーションでは、まず相川と波留で、インターフォンのボタンを押すことになっている。

相川と共にビルの前に進んだ。ほかの五人は遠巻きに立っている。岡崎と上原は一番はなれた位置で、折りたたんだ段ボールの束を抱えている。警察というより税務署の査察官のようだ。

「あっ」

扉の前で波留は思わず声を上げた。

「HAPPY　INCではなかったですね」

昨夜の画像を読み間違えていたのだ。

「あれれ、これHAPPY　INGだね。Gの文字の横棒が消えかかっているからCに見えたんだ。インク、じゃなくて、イング」

相川が目を丸くした。

「イングってなんだ？　あっ、ハッピー・イングで幸せ中ってことかな」

相川はそういいながら、脇にあったインターフォンを押した。社名はたいした問題じゃないらしい。

「すみません。あの、チラシ製作のご要望はありませんか。どこよりも安くします。というか、一回目はＡ４サイズならタダです」

相川は飛び込みセールスを装っていた。波留は扉のノブを回したが、ロックされていた。

「いらんっ」

男の声が返ってきた。

「ハッピー・イングさんて、いい名前ですね。何を扱っているんですか？」

相川が粘った。ロックを破るための道具を相川はすでに手にしていたが、できるだけ、相手に扉を開けさせたい。それが真木洋子の方針だった。この時点で、捜索だと知らせるのは、極力避けたい。とっさのことでも証拠隠滅を図られるからだ。

「うちは女性専用の店や。男は入れへん。とっとと帰れや、変態っ」

インターフォンから怒鳴り声が聞こえた。

「すみませんでした」

相川があきらめて、いったん扉から離れた。「変態はないだろう」と口を尖らせて、時計に向かって事情を話している。

文字の上で、音声がすぐに文字化されていく。リューズを押すと送信された。

真木洋子から返信があった。

「プランBに変更」

相川が後方に去っていく。

代わりに新垣唯子がやってきた。関ジャニ∞の「前向きスクリーム！」を口ずさんでいる。前向きな先輩だ。

波留の黒のパンツスーツに対して、唯子は茄子《なす》色のひざ丈ワンピースにベージュのカーディガンを羽織っている。地味なのか派手なのか、よくわからない取りあわせだが、ある意味大阪っぽい。うまく化けていると思う。

仕切り直しをすることになった。

今度は波留がインターフォンを押した。

「あのぉ、初めてなんですけど」

相手の素性はまったくわからない。何をもって女性専用なのか？　思い付くことといえば美容関係ではないかということぐらいだった。

「なにが欲しい？」

やはり聞かれた。波留は押し黙ってしまった、すぐに新垣唯子が、替わった。

「欲しいものといったら、男に決まっているでしょう」

インターフォンのスピーカーから「ぷっ」と笑い声が聞こえた。新垣唯子、おそるべし。大阪のおばちゃんばりの、問答をする女だ。

「いま開けるさかいに」

扉の反対側で、ガチャリとロックが外れる音がした。

五メートルほど離れた位置で見守る相川たちに目線で知らせる。

波留は相川から預かったペットボトルを持ったまま扉を開けた。タオル地のハンカチで包んで持っていた。

扉の先はいきなり階段だった。

波留が先頭になって、階段を上った。背後から新垣唯子がついてくる。

「波留ちゃんのヒップ、かっこいいね。ぷりん、ぷりんしている」

どうして、この局面でそんなことをいえる余裕があるのだろう。振りむくと新垣唯子もペットボトルを手にしていた。同じようにタオル地ハンカチで包んでいる。

パッと見には、ボトルについた霜を覆っているようにしか見えない。

階段の下で、ガチャリと自動ロックがかかる音がした。波留はおそるおそる、階段を上った。ペットボトルの中身が揺れるのが、ちょっと怖かった。

「まいどぉ」

階段のてっぺんで男が待っていた。二十歳ぐらい。タイガースのキャップを被《かぶ》った若者。首や腕に、やたらとシルバーのアクセサリーをつけていた。近くのアメリカ村でよく見かけるタイプだ。

「男日照りで、大変やろうなぁ。まぁ、好きなの選んでって」

男が右側の扉を開けた。ふたりで入った。男が最後からついてくる。

八畳間ほどの売り場が目に入った。

壁一面に商品が並んでいた。

——わぁ〜。

波留はめまいを覚えた。

バイブレーターやローターー、それにローション類が並んでいるのだ。

——イングって、淫具なんだ。つまりアダルトグッズの店。

新垣唯子が喉を鳴らして、右手で顎を撫《な》でている。ちょうど時計の文字盤が商品を向く。外のメンバーに情報を送っているのだ。

「うちのはなぁ、音が静かなので、評判なんや。職場のトイレでこっそりつかったりな、家族と一緒に暮らしていても、誰にも気づかれへんで、使える」

男がもっともらしい説明をしてくれる。

波留は壁一面の商品を眺めながら、真木洋子にいわれた証拠探しに気を配った。

『必ず、隠し部屋があるはずよ。そこを突き止めてくれたら、私たちも踏み込む』

壁の四方は棚になっていて、続きの間など見当たらない。

――いや、事務室は別にあるはずや。

波留も時計のリューズを引き、映像と音声を中継送信しはじめた。

店が売り場だけというのは考えにくい。

波留は頭の中にビルの姿を思い浮かべた。八畳間一間ということはありえない。

この部屋に窓はないが、外観には窓があった。

波留は窓があると思われる壁に近づいた。茄子とか、ズッキーニのような形をしたバイブレーターが並んでいた。吐き気がしそうだ。

棚の裏側が気になる。棚の両端からほんの少し光が見える。

——おそらくこの先にもう一部屋ある。

耳をそばだてた。一本のバイブレーターを見ながら、意識を集中させた。かすかに音が聞こえた。パソコンのキーボードを打つような音。

なんとか確証を得たい。

「そのおっきいのがええのんか？　ねえさん、かなり無茶するのが好きでんなぁ」

若い男が近づいてきて、目の前のバイブを取り上げた。

トウモロコシサイズ。実物のトウモロコシと同じようにコーンの粒がたくさんついている。

男がスイッチを入れると、その粒々が、いっせいに上下しだした。互い違いに上下している。

「どないや？」

どないや、と問われても答えようがなかった。

「いや、うちには、ちょっと」

「そうやろうなぁ。これを買《こ》うていくのは、相当なマニアや。ねえさん、どんなんがよろし」

とりあえず差し障りのない言いかたをする。

「可愛《かわい》らしいのがいいです」

「なるほど、ほな、これなんかどないやろ。うちに初めてくる人は、たいがいこれを気に入ってくれはる」

タイガースのキャップのツバをクルリと後頭部のほうに回した若者は、しゃがみこんで、棚の下の抽斗《ひきだし》を引いた。

「光るロングローターや」

ピンク色の細長い筒がたくさん入っていた。こうしたアダルトグッズとは無縁なのだが、不思議なことに既視感があった。

男がロングローターとやらを取り出した。

「あっ」

波留はうっかり小さな声をあげてしまった。

それは田中杏樹からもらったアイドルグループのペンライト。同時に綾部剛一が露店で売っていたものだ。

ようやく一本の線が繋がった。

「タイアップでな、アイドルグループの名前が入っているけれど、正真正銘のロングローターや。これなら、メーカーさんのサンプルが何本もあるよって、試用してもかまへん」

「試用？」

「せや。実際クリトリスとか、穴の中に入れてみぃひんことには、感触わからへんやろ」

男がカチッとスイッチを入れた。ペンライトの先端が輝き、クルクルと回転した。

「ここまではペンライト機能や。ペンライトとして買った人も、もうひと段階スイッチを入れると、なんとなく入れてみたくなるそうや」

男がさらに、スイッチを押し上げた。ぶぃーん。

先端だけではなく、ロングローター全体が振動した。

――なんちゅうことを。

アイドルファンの女の子にこんなものを売りつけていたのだ。波留は慄然《りつぜん》となった。田中杏樹や、自分がプレゼントした戸田恵里先輩が気が付いていなければいいのだが。

「持ってみぃな」

男にロングローターを手渡された。

手のひらに置いただけで、振動が伝わってくる。見た目よりもソフトタッチで、気持ちいい。

「私にも貸して」

新垣唯子が男に声をかけた。

この間に、時計で交信していたようだ。ロングローターがペンライトだったことなどをすでに把握している顔つきで、波留に目配《めくば》せをしてきた。。

「試用室《テストルーム》はないの？　まさか、お兄さんが見ている前で、オナニーしろっていわないよねぇ」

新垣唯子はいかにも東京の女子という感じで、標準語でいっていたがすでにロングローターをバストの頂に当てていた。カーディガンを押し上げている乳房が波打っていた。

「あんっ、はぁぁん」

男のほうを向いて急に目を細めている。

プランBでは、常に新垣唯子が囮《おとり》になることになっていた。

「そりゃ、ちゃんとした部屋があるわ。俺が見たってしょうがないやん。ちょっと待ちや」

男は左端の棚の前に進むと、そのひとつを押した。棚が回転した。洋服の試着室のような小部屋が現れる。

やはりこの店の造作はそういう具合になっているのだ。ほかの棚もきっとスウィングするに違いない。

「東京弁のねえさんは、ここで試してな。サンプルで使用できるのは、このロングだけやけど、買うなら、どれを持って入ってもええよ。何回でも、昇天しなはれ」

「ありがとう。じゃあ、その緑と黄色を買う」

新垣唯子はなんと財布を取り出して、バイブ二本を購入した。

どちらも関ジャニ∞のメンバーカラーにある色だ。それで贔屓《ひいき》は誰かわかる。口では村上信五と言っておきながら、やりたいのは、イケメンのふたりなんだ。

——公私混同やんっ。

と思ったが、これも囮行為のようだった。男が金を受け取り、商品を渡している間に波留の時計が震えた。

ロングローターよりも、激しい揺れだ。さりげなく文字盤を見る。

『波留の前の棚がやっぱり怪しい。さりげなく押してみて。もし開いたら、唯子が扉のロックを外して。私たちも飛び込む』

メールは波留と唯子の双方に出されている。

――ええええ。それって大役やん。

波留は焦った。新垣唯子はすでに棚の裏に入ってしまっている。男はその前に立っているが、その棚の前からじっと波留の様子を窺《うかが》っていた。

棚を少しだけ押してみた。ぎいっ、と鳴って、端が動いたような気がした。

「ねえちゃん、棚押したらあかんっ。ここで押していいのは、乳首とクリトリスだけやっ」

怒鳴られた。卑猥《ひわい》な表現に鳥肌が立つ。

「えらい、すんまへんっ」

波留は棚から手を離した。

すぐにまた時計が振動した。真木洋子から叱咤《しった》のメールが入る。

『波留のへたくそっ。せっかくロングローターがあるんだから、それを適当に体のポイントに当てて、あっ、いやんっ、とか、見ないでっ、とかいって、男が視線を外した頃合いを見計らって、悶《もだ》えたふりして、棚、押しちゃいなさいよ』

無茶な演出だ。学芸会のお芝居だってそんな演出はしないだろう。いくらなんでもミエミエすぎる。

すぐに次のメールが入った。

『早くやってっ。いま唯子に、男の気を引くことをいいなさい、って連絡したから、そのアクションがあったら、オナニーでもなんでもして、棚押しちゃいなさいっ。これ業務なんだから』

――これAVですか？　真木洋子課長って、女流AV監督ですか？

胸の中で、そう煩悶《はんもん》していたら、試用室から大きな声が聞こえた。

「あぁあああっ、おマメがつぶれるぅ。このペンライトの振動がいいっ」

新垣唯子の声だった。演技なのだろうが、妙に生々しい声だった。

男は微動だにしなかった。そんな声は聞きなれている、といった顔で、波留のほうを見つめ続けている。時々棚の両端に視線がいく。

――やはり、この向こうに何かがある。

男はさっきから棚の端がずれていることを気にしているのだ。

波留は覚悟を決めた。まず、ペットボトルを床に置いた。飲むふりをして、キャップを取る。

ペンライトだと思っていたロングローターの先端を胸のてっぺんに当てた。そこでスイッチを入れた。

――あぁああ、性安課って、なんてセクションなの。

乳首に体験したことのない快感が走った。

「うぅう」

思わず呻《うめ》き声が出た。

――これって、すでにオナニーの領域なんだろうか？

処女にはまったくわからない行為だ。

まったく最低の部署に飛ばされたものだ。移動した翌日に女の肉処を開陳させられ、四日目で業務オナニーだ。

男がじっと見ている。波留は片手を棚に置いて、乳首の上を突いた。

ふわっ、と体が浮く感じ。

ほんの少しだけ、興味がわいた。

――股の間に付けたら、どうなる？

男の視線が気になった。やはり波留に注目したままだ。新垣唯子の挑発的な悶え声に気をそらされる感じはなかった。それだけ自分が疑われているということだ。

波留は唇をきつく結びながら、ロングローターの先端を股間に持っていった。

就活用みたいな黒のパンツの上から、軽く触れた。

肉処のまんなからへん。花びらの上を擦《こす》った。

「ふわぁっ」

ローターの先端から放たれる刺激が上のマメと下の穴に拡散された。パンツの股間に一筋の線が浮かんで、うねっている。

「あぁあ……」

自然に声が漏れるものだと初めて知った。パンツとショーツの奥で、いろんな襞《ひだ》が捩《よじ》れる感覚が、切なかった。

しかし、ここから先、どうすればよいのかわからない。

穴をうがつべきなのか？

それともエッチなマメを突くべきなのか？

——たぶん、穴はない。これだけは、未来の恋人にとっておきたい。

波留はもじもじとローターの先端を上下させた。

その間にも、棚の奥の試用室から、新垣唯子の呻き声は響いている。ときおり「おめこ」と同じ意味の標準語の四文字言葉や「お兄さん、こっちにきて入れちゃって」などという挑発的な言葉も吐いている。

それでも男が動く気配はなかった。あくまでも視線は波留に向けたままだ。

しょうがないので、波留は右手で持ったロングローターを股間に当てたまま、左手で乳房を握った。白いブラウスの上から、ぎゅっ、と揉《も》んだ。

「あぁあ」

身体がふらふらした。肩が棚にぶつかる。また少し棚が揺れて、左端が押され、右端が浮き上がってきた。

「なにやっとんねん」

男が波留に向かって歩を進めてきた。波留は目を見開いて、男の顔を見た。顔をガードするポーズで時計を男に向けて、状況を真木達に知らせた。

「あぁあ、焦《じ》れったいなぁ。ちゃうやろ、ローターの当てる場所が。あんた、オナニーしたことあるやろう」

「あぁあああああああ」

男が波留の右手をがしっと摑んで、ローターの先端の位置を変えた。

エッチなマメにガツンときた。

「ここに当てないと、意味ないやろ。ローターなんやから……」

男はぐいぐい、押してきた。

一瞬目が眩《くら》んだ。クリトリスというものが、これほどまでに敏感であるとは知らなかった。マメを押された刺激は、電撃となり、全身に走った。脳から快感の棒が突き抜けるような感じ。

「あぁあああ、だめぇええ」

波留には、昇天するという感覚がわからなかった。だから女友達から聞かされていた「いくっ」という言葉は出なかった。

ただ絶叫した。

「ぁぁぁあぁっぁああああああああ。もうだめぇ」

がくんと腰が砕けた。尻が盛大に棚に当たる。

「わぁあああああ」

男が喚《わめ》いた。棚が回転した。波留の身体も、ずれ落ちていく。

光が目に飛び込んで来た。窓の光。壁の裏側は、さまざまな液晶画面が置かれた、
映像の編集スタジオのような部屋だった。

波留はその床に崩れ落ちた。男は茫然《ぼうぜん》と見下ろしている。

「なにやっとんじゃ」

編集室にいた金髪の男が立ち上がった。顔が見えた。綾部剛一だった。

「ちっ」

綾部剛一は若い男を殴り、さらに蹴飛ばした。完全にキレている。

波留を一瞥《いちべつ》すると綾部は手を伸ばし、床板を開けた。一階に隠し階段が伸びている。そこから降りようとしていた。

波留は回転した棚の脇に置かれていたペットボトルに手を伸ばした。

新垣唯子が試用室から飛び出してきた。右足首にパンティを絡めたまま、室内を横切り階段を降りていく。扉を開けにいったのだ。

綾部の頭が床の下に消えそうになった。波留はペットボトルのキャップを取った。口から湯気があがる。ボトルごと綾部の降りた穴に向かって投げつけた。

「うわぁあああああ。熱いっ」

悲鳴が上がった。ペットボトルの中身は熱湯だった。小栗が考案した、もっともシンプルな武器。それが百度の沸点ぎりぎりに熱した水だった。

『銃弾よりも威力があり、火炎放射器同様の効果がある』

小栗はそう豪語していた。性安課全員がその威力を知っているという。

たかが熱湯。されどその威力は兵器なみだと、波留もいま知った。

床に開いた穴を覗くと、綾部剛一は頬と肩を押さえながら、一階の床に這《は》いつくばっていた。真下にあたる一階には、女が数人下着姿で手足を縛られていた。

「助けてくださいっ」

ちゃんとした日本語だった。

綾部がその女たちの間を這いながら、裏側へと向かっている。

「警察よ。あなたたちは保護します。そっちにも出口はあるの」

女たちに聞いた。

「路地側に扉があるんです」

ビルごと巧妙に設計されているのだ。波留は、後を追うために階段を降りた。

逆に表扉の階段からは、性安課の面々が駆け上がってきた。真木洋子が先頭だった。濃紺のブランド物スーツに黒のパンスト。

「課長っ。綾部がこっちから逃亡します。誰かを路地に」

見上げると、真木洋子のスカートの中が見えた。どうでもいいことだが、黒のパンストの内側に穿《は》いているショーツはシルバーに見える。

「わかった。相川君、路地へ」

「この女性たちの保護をお願いします」

「了解」

上原亜矢が階下に降りてきた。女たちが泣きながら、縋《すが》りついている。

「これで、綾部の脚を狙って」

上原亜矢がペットボトルをもう一本投げて寄越した。拳銃を受け取ったようなものだ。松重が若い男に手錠をかけている音がした。

波留は綾部剛一の後を追った。綾部は逃げながらも着ていたTシャツを脱ごうとしていた。熱湯のかかった布ほど熱いものはない。もがきながら脱いでいる。

扉を出たところで、とうとう綾部の背中が見えた。波留はその背に向かって、ペットボトルを振った。湯気をあげる一筋が飛んでいく。

「ぐえっ」

綾部が前のめりに倒れた。路地に出たばかりの位置だった。

ブラックジーンズを穿いていた。

波留はとうとう追いついた。

目の前で転んでいる男のジーンズの腿《もも》とふくらはぎにさらに湯を注いだ。脚の中で、そこの皮膚が最も弱いことをダンサー志望だった波留は知っていた。

「うわぁあああああ」

綾部剛一が絶叫し、苦悶《くもん》に顔を歪めた。仰向《あおむ》けになりジーンズのファスナーを開け、脚をばたつかせ、ジーンズを脱ぎ捨てようとしている。

波留は意地になっていた。

──この男のせいで、私はパンツを脱がされたんだわ。

道頓堀の路地裏で、この男の仲間にパンツを剝《む》かれたのだ。すべての運命があのときから変わったのだ。

綾部がうめき声をあげながら、ジーンズを脱ぎ終えていた。英国の国旗をあしらったトランクスを付けていた。股間に向けて、ドボドボと湯を注ぐ。

自分が狂気に支配されていた。

「うわぁああ、勘弁してくれよっ。なっ、手錠かけていいから、もうやめてくれよ」

綾部剛一は泣いていた。泣きながらトランクスを取っていた。

男の男根と睾丸《こうがん》を波留は初めて肉眼で見た。萎縮している男根めがけて、百度の湯を注ごうとした。

綾部の一重瞼《まぶた》が大きく見開かれた。

顔全体が恐怖に歪んで、頰さえも震えていた。

「朝野っ、それ以上はだめだっ」

相川将太が路地に回り込んできていた。素っ裸になっている綾部剛一に手錠をかけている。

波留は我に返った。身体が硬直してしまった。その場から一歩も歩けなかった。

「やったね。金星だよ。でも、金玉、溶かしちゃだめだよ」

新垣唯子が背後から出てきた。

「日本人女性三人保護。拉致監禁及びほう助で、容疑者二名逮捕。現在証拠物押収中」

新垣唯子が波留の肩を抱えながらいっていた。

「大丈夫、歩ける?」

「はい、大丈夫です。私、容疑者逮捕に貢献したんですよね」

震える唇で、そういうのが精いっぱいだった。

「貢献じゃないわ。実際の逮捕は波留ちゃんだよ。手錠をかけたのは、相川さんだけど、容疑者を追いつめたのは、波留ちゃん。でももうお湯かけちゃだめ」

新垣唯子に、ぎゅっ、と抱きしめられた。

「ところで先輩、パンツ、どうしたんですか」

思い切り頭をはたかれた。歩きながら、新垣唯子がワンピースをめくって見せた。

「捜査に夢中になって、どっかに脱ぎ忘れちゃったんだよね」

そのぐらいでなければ、性安課は務まらないらしい。

段ボールの箱を持って、小栗のワゴン車に向かった。段ボールは十五個以上に及び、六人で二往復ほどした。松重は容疑者連行のために、パトカーを呼んでいた。まだ来ていない。

真木洋子が目を輝かせていた。

「これでだいぶ解明できるわよ」

長堀通りに止めてあるＣＩＡ－ＯＳＡＫＡのハマーにたどり着くと、背後にパトカーが着ていた。

「よっ、朝野もがんばったんやて？」

交通課の大先輩若林正樹が助手席から降りてきた。

「あっ、どうもっ」

波留は段ボールを抱えたまま、頭を下げた。

「容疑者確保、御苦労はんでした。このパトで護送させてもらいます」

若林が松重に頭を下げた。松重とふたりの容疑者が後部席に乗り込む。

「わしら、所轄はタクシー代わりのようなもんで」

若林が毒づきながら扉を閉めている。真木洋子と岡崎雄三には背筋を伸ばして敬礼していた。波留は少し胸が痛んだ。警察ほど立場が明確で、階級がものをいう世界はない。波留がハマーに乗り込もうとするところを、若林に声をかけられた。

「朝野、あの警笛は、肌身離さずな……」

「はいっ」

波留は深々とお辞儀した。

第五章　通天閣ファンキーナイト

1

帰署して五時間が経《た》っていた。

真木洋子は、性安課の課長席から窓の外の景色を眺めていた。すでに日はとっぷりと暮れている。藍色の空に三日月が浮かんでいた。

視線を窓下《そうか》に下ろすと、浪花八分署の正面駐車場から、パトカーがけたたましいサイレンの音をあげながら、飛び出していく。同じ光景をもう何度も見ていた。

大阪ミナミの夜は新宿歌舞伎町の夜にとことん似ている。深夜になるほどクレイジーな連中が跋扈《ばっこ》しだす町なのだ。

洋子は事件解明の進捗状況をひたすら待った。

心斎橋のアダルトグッズショップ「ＨＡＰＰＹ　ＩＮＧ」から戻って、すぐに捜査チームを三班に分けた。

一　容疑者尋問。綾部剛一とショップ店員の男の尋問。松重、相川チーム。
二　参考人聴取。保護した日本人女性三人からの聴取。上原、新垣チーム。
三　証拠品解析。アダルトショップ店から押収したパソコン、書類の解析。岡崎、小栗チーム。

残念ながら、各チームとも順調とはいえなかった。

——今夜は泊まり込みになりそうだわ。

洋子の見つめる窓ガラスに作業中の、岡崎、小栗チームと朝野波留が映っていた。波留には、自分のアシスタントをしてもらっている。

岡崎、小栗チームはようやくパソコンのセットアップが完了したところで、小栗が必死の形相でログインするためのパスワードを探りはじめていた。

画面にはまだなにも浮かんでいない。

岡崎は書類関係に目を通している。書類をめくりながら、押収したロングローターを振りかざして遊んだりしていた。いらついている証拠だ。

階下の取調室からも、まだ「落ちた」の連絡はない。

綾部はただのエログッズ屋だといい張り、監禁していた女性たちについては「知らない」の一点張りだそうだ。

綾部が女たちに手を出したという証拠はどこにもなかった。松重も手を焼いている様子だ。

おそらくデータ類の裏付けがなされない限り、とぼけるつもりだろう。

――あまり時間を稼がせない方がいい。

時間が進むほどに、綾部たちの背後にいる連中は、証拠隠滅を図り、さらなる防御システムを完成させてしまう。

保護された三人の女性たちの証言も曖昧だった。

上原亜矢から、いずれもミナミ界隈《かいわい》のキャバクラで働いている十九歳の女性だったとの報告を受けたが、彼女たちは「なんで拉致されたのかわからへん」ということだった。

上原の調べでは、女たち三人が拉致されたのは二日前だという。

三人とも別々の店に勤めていたが、帰り道、三津寺筋でいきなりワンボックスカーに引きずりこまれた、という。車に乗せられてからは、すぐに目隠しをされたので、それぞれの顔を知ったのは、ビルに閉じこめられてからだそうだ。

もっとも車は一時間近くも走っていたので、三人とも、まさか拉致された現場から徒歩圏の場所にいるとは、思ってもみなかったそうだ。

『でも、確実に隠しごとをしています』

二時間前に上原が報告にやってきた。任意の聴取だが、今夜一晩泊めたいという。洋子は許可した。

パソコンのデータが解明できれば、たぶん、どちらのチームも、落とせる。洋子はそう踏んで、何度も振り返っては、小栗の後姿を見た。小栗のキーボードを打つ手が早まっている。もう一息らしい。

窓の下にまたパトカーが到着した。午後に見た交通課の中年警察官が、ひとりのヤクザをしょっ引いてきていた。手錠をかけている。

交通課が手錠まで打ってヤクザを引っ張るとは、おそらく道交法違反をつかっての別件逮捕だ。組対課との連携任務だろう。

背後で突然、岡崎が素っ頓狂な声を上げた。

「うわぁ〜、ローターにカメラが仕込まれている」

「なんですって」

洋子もすぐに小栗ルームに飛び込んだ。

小栗がロングローターを受け取り、ルーペメガネで覗《のぞ》き込んでいた。

「岡崎さん、ナイスっ。ここにばっちり、極小カメラレンズが埋め込まれています。しかも発信器つきです」

小栗がドライバーを器用に扱い、ロングローターを見事に真っぷたつに開いた。

「この爪楊枝《つまようじ》みたいなのがカメラ部分です」

小栗がこれも器用に取り出した。

「そして、この基盤の裏側にたぶん……」

基盤をくり抜くと、裏側に錠剤ほどの金具が張りつけられていた。

「ロングローターに、カメラレンズがついていて、それがどこかに送られていたとなると、女の子たち三人が黙秘していたことの理由はだいたい読めるわね」

洋子はレンズの先端を見ながらいった。すぐに階下の取調室にいる、松重チームと上原チームにシークレット時計を使って知らせる。

自供が取れる可能性が見えてきた。

「これ五百メートルぐらいかね。飛ぶの？」

岡崎が発信機を手のひらに乗せながら、首をひねった。

「まぁ、そんなものでしょう。ただしすぐ近くに受信する中継基地、たとえば車とかを用意しておいて、そこでパソコンに入力しちゃえばいいだけですから」

小栗が淡々と答えている。

「いったん、画像を入力してしまえば、あとは無限大にコピーできる……でも、ログローターを購入した相手の、居場所をどう突き止めるんだ？　特定の相手が絞りこめていて、このローターを渡したなら理解できる。しかし、これは不特定多数の人間に売られていたはずだ」

岡崎が疑問を呈した。

「それ、アダルトグッズとしてだけ、売られていたんじゃありませんよ。アイドルのコンサートで使う、ペンライトとしても販売されていたんです。簡単なロゴマークを貼っただけの、非公式グッズとしてですが……」

波留が人数分のコーヒーカップを入れた盆を持ちながら、教えた。

綾部剛一の目的はなんだったのか？　洋子は焦点が合いそうで合わない、いらだちを覚えた。

「小栗君。パスワード、まだ見つかりそうにないの？」

洋子は腕を組んで、画面を覗いた。

小栗が再びキーボードへ向いた。ピアノを弾くみたいに指を動かしては、首を振っている。

洋子はセンターテーブルに戻り波留とサンドイッチを食べながら、見守ることにした。

「カメラがついていたなんて……私、交通課の先輩と神戸三十九分署にいる友達に教えてもいいですか？　そのふたり、あれと同じロングローターを持っているんです。友達が二本買って、一本を私にくれたんです。でも私、アイドルに興味がないから、交通課で一緒に組んでいた先輩にあげました。いえ、アダルトグッズだとは知らずに、あくまでもペンライトだと思って差し上げたんです」

波留が神妙な顔になっている。

「気持ちはわかるけど、確証が出て、捜査方針を決めるまでは、このことは極秘よ。同じ警察内部でも、それはだめなの……」

辛《つら》い指示だが、そういうしかなかった。

カメラの撮影内容を裏付ける映像と、その拡散先がわかれば、背後関係は一気に絞り込める。

そうなれば浪花《こ》八分《こ》署の刑事課や組対課を飛び越えた捜査をすることになるだろう。絶対に極秘で進めなければならない。

そのとき、ポケットでスマホが震えた。CIAモードのスマホだった。洋子は波留や、作業中のふたりに見つからないように、ふたたび窓際に立って、液晶画面を見た。CIAジャパンの諜報《ちょうほう》員林勇樹からのメールだった。とっさに誰かが見ても、わからないように、イタリア語で打ってきている。英語は得意な洋子もさすがに難儀した。

岡崎を呼んだ。こっそりこのイタリア文を読んで、和訳文をワードにしてくれるように頼んだ。

岡崎が五分で清書してきた。

【神野貿易の背後についている後醍醐グループ。あのグループが神戸風神会に脅されている。二月に発覚した後醍醐自動車の燃費偽装。菱田三男社長の退陣で、一件落着しているように見えているけど、実はまだくすぶっている。どうやら発表している国内販売車だけじゃないらしい。南米向け輸出車すべてに相当な、数値偽装をしている。それを神戸風神会が嗅ぎ付けたんだ。朝霧建設も脅されている。こちらは十年前に建てた埼玉のマンションの耐震偽装の件だ。あの会社、横浜だけじゃなくて、首都圏で五十棟ほど偽装をしているのを隠し、同様に脅されている。菱田三男が関東保守会議の副議長に就任したのは、その神戸風神会対策をするためだ。ただその交換条件がなんであるのかはわからない。海外売春婦の輸入と一体どんな関係があるのか。CIAは売春婦には興味ない。それはそちらで調べてくれ。ただし、燃費偽装車が、南米だけではなくアメリカそのものにも入ってきているとなると、それは隠蔽《いんぺい》しなくてはならないという立場だ。日本車の威信低下は、アメリカ自動車界にとっては嬉《うれ》しいニュースだが、ホワイトハウスはそうとは考えていない。むしろ、日本の財界が打撃を受けるのは、痛手だ。南シナ海、東シナ海、沖縄基地問題。日米共同で対処しなければならない課題は多い。こんなときに、車の燃費ぐらいの話で、騒ぎを起こしたくないんだ。だから、警視庁も慎重にやって欲しい。事案が解決しても、真実は公表しないでほしい】

なんと天下のCIAにまで口止めされてしまった。だが、そもそもこの事案の背景を調べて欲しいと頼んだのは洋子のほうからだから、やむを得ない。

これは、ややこしい背後関係になってきた。同時に洋子は、やはりそうであったか、と納得した。だからわれわれ性安課が大阪にまで派遣されたのである。

後醍醐グループに朝霧建設。そのふたつの名前を聞いて、あの中突堤下を抜ける地下道や、今日手入れをしたビルの構造なども納得できた。

あれだけの工事を、いかに日本一の広域暴力団でも自分たちだけで出来るものではない。

財界を代表する関東保守会議と神戸風神会が手を組んでいることはわかった。だとすれば、必ず、その向こう側には政界が絡んでいる。

この捜査の肝はそこにある。洋子はいよいよ核心に迫ってきたことを感じた。

「課長。ヒットしました」

小栗の声があがった。

「パスワード【ＭＩＮＮＡＮＯ《みんなの》　ＯＭＥＫＯ《おめこ》】でした」

「はいぃ？　いまなんていいました？」

洋子はすぐに小栗ルームへ飛び込んだ。波留も一緒に入ってきた。おめことという言葉に反応したらしく、顔が真っ赤だった。

すぐに液晶画面を見た。

液晶画面に洋子でも知っている有名アイドルグループが鮮明に映っていた。

――なんだこれ？

ところどころに映っている広告看板から京セラドームでのライブコンサートの模

様だと判明した。

3

「とんでもないペンライトだったようね」

浪花八分署婦警宿直室。

真木洋子は保護している日本人女性三人を前にしてにやりと笑った。取調室から婦警宿直室に移したのは、この子たちから被害者届が出ていることが判明したからだ。

昨日までこの部屋にいたエクアドル人のカロリーナとララは、ＣＩＡ大阪のセーフハウスへと移動させていた。

日本の外務省管轄では、エクアドル大使館からの返還要請を断りきれないからだ。

洋子は波留と共に、三人の供述をとることにした。

この間、上原亜矢と新垣唯子には、まず六階に戻り、画像のチェックを手伝うように伝えた。なにせ膨大な数の映像が映し出されている。関係性やなんらかの特性を浮かび上がらせるには人数が必要だった。

婦警宿直室は六畳敷の和室だった。

女性三人と洋子と波留は車座になって、語り合っていた。女性たちは全員が十九歳。ペンライトについて多くを語りたがらなかったのも無理はない。

洋子はまず、コンサートの映像が不法に撮影されていたことだけを伝えた。

「そうやったんですか。まさかアイドルのコンサートで買うたペンライトに内蔵カメラがしかけてあるなんて、気がつきませんでした」

奈良生まれの小顔の女性が答え、恥ずかしそうに下を向く。波留が淹《い》れたほうじ茶を啜《すす》った。茶うけに、雷おこしを一皿ずつ配っていた。相川が東京土産《みやげ》にと浅草《あさくさ》常盤堂《ときわどう》の詰め合わせを持参してきていたものだ。

奈良生まれの女性は、それも齧《かじ》った。

大阪の女が口を開いた。

「場外で売っていたものやから、どうせバッタもんやと思ってはいましたが、あんな仕掛けがあったとは、なぁ」

と、もうひとりいる女の横顔を見る。三人のキャバ嬢の共通点は同じアイドルグループのファンだったことのようだ。

「せや。うちら、知らんうちにコンサートの映像を撮影する要員にされてしもうてたんや」

滋賀生まれの女だった。色白だった。洋子がそのおんなの肌の美しさを褒めると、

「毎日、琵琶湖《びわこ》の湖水で顔洗っていたよってな」

と笑った。

波留から関西人特有のジョークだと聞かされるまで、洋子は信じ込んでいた。どうも近畿圏の人間は扱いづらい。警察での事情聴取の際にまで冗談半分にいう神経がわからない。

そろそろ本題に入るタイミングだった。

これは波留から切り出させた方がよいと判断した。関西弁のほうが、いくぶん柔らかい調子になる。洋子は波留の背中を叩《たた》いた。

「あのなぁ。いまうえで、画像をチェックしてたらな。コンサート以外のものも映ってたんよ」

みずからもほうじ茶で一服した波留が、ゆっくりとした調子で、切り出した。

その瞬間、三人の女たち全員の顔が凍りついた。特に琵琶湖で顔を洗ってると答えた滋賀生まれの子は、もともと白い顔が真っ青になっている。

「みんなも映ってたわ。けど京セラドームやなかったなぁ」

洋子が授けたブラフ《はったり》だった。やはり関西弁で伝えたほうが、彼女たちには意味深な印象を与えたようだ。

波留がＤＶＤに落とした映像を、宿直室のテレビに挿し込んだ。すぐに映像がアップされた。

「まるで、胃カメラやね」

四十二型の液晶画面いっぱいにピンク色の画像が浮かんだ。

「あぁあ、やだぁ」

唸《うな》ったのは波留だった。洋子は波留の膝を叩いて窘《たしな》めた。

「あぁああ、いっちゃうっ、私いっちゃう」

今度は画面の中から聞こえてきた。ピンク一色の画面が、ズームイン、ズームアウトを繰り返し、奥の方から白い液がゴボゴボと湧きあがってきている。

洋子は三人の女子たちの顔色を窺《うかが》った。波留が気を取り直して尋問を始める。

「な、これはアイドルのコンサートとちゃうやろ」

ペンライトが穴から、すぽんっ、と抜けたようだった。画面一面に女の肉陸が浮かぶ。花びらが捻《ね》じれて、その周りに白濁液が付着している。ペン先がす〜っ、と上昇する。パールピンクの突起が映った。すぐに潰《つぶ》れる映像。

「いやぁ〜ん。おめこより、うち、こっちが好きやぁ」

スピーカーからそんな声が流れてくる。

「これ誰やろ。そろそろ、顔が映ってくる頃や。あ、その前に、おっぱいが映る。ブラジャーからおっぱい出して、トップをつんつんする絵が映るんや」

波留は洋子に教えられたセリフを必死に関西弁に置き換えていっているが、ぎこちない。

洋子が助け舟を出した。

「この三人の中の誰かが、恥をかくことになるけどいいの？　みんなが見ている前で、オナニーしている顔、出されちゃうのよ。正直にいってくれれば、画像はここで停止するわ。私らには、エロい趣味はない。捜査が進めばいいのよ」

これもブラフだった。ここに映っている画像は、この三人のものではない。四十路《よそじ》の熟女が喘《あえ》いでいる画像だ。手っ取り早くダビング出来たものを持ってきたにすぎない。

奈良の女がすぐに音を上げた。

「脅されたんです。おまえの顔とおめこの画像、ばらまくぞって」

女は軽々とおめことといった。聞いていた波留のほうが、顔を赤らめている。波留はひょっとしたら男を知らないのかもしれない。洋子はとっさにそんな思いに駆られた。

「そうなんです。車に乗せられて、ビルの地下倉庫みたいなところに入れられて、ペンライトにカメラがついていることを知らされて、うちがおめこに挿し込んでいる映像を見せられたんです」

大阪の女が泣きくずれた。

「うちもや……おまえ、クリトリス、でかいなぁ、とかいわれました」

滋賀の女は下を向いたままだ。

「じゃあ、あの一重瞼の男に脅された、ということでいいわね」

洋子は脅迫罪の確証を取るために念を押した。全員が頷《うなず》いた。奈良の女がさらに、口を開いた。

「おまえら、これからミナミの別な店で、身体《からだ》売れっていわれました」

決定打が出た。売春強要だ。これで綾部剛一の立件は完成する。すぐに松重にメールを打った。

「あとで、ちゃんとした調書つくるので、協力してね。あなたたちの画像は、すべて回収できると思うの」

綾部はウリに出すつもりの三人の画像は、拡散させていないはずだった。そうでなければ、この女たちを脅迫し続けられないからだ。これは風俗嬢のスカウトマンがよく使う手だ。自分でナンパして嵌《は》め撮りをして、それをネタに、ヘルスやソープに落とす。麻薬よりもシンプルな女の操縦法だった。

「せやけど……」

波留が横で首を傾《かし》げていた。

「なんで、あんたらが特定されたん？」

洋子が抱いていた疑問と同じことを口にした。

「それは、本当にわからへんねん」

奈良の女が唇を嚙《か》んだ。

「ペンライト、正確にはロングローターなんだけど、これについている発信器はせいぜい五百メートルほどしか飛ばないのよ」

「そうなん？」

滋賀の女が首を傾げた。

「みなさんに聞きます。このロングローターを使ってのオナニーはどちらでなさいました？」

聞くのは野暮だと思ったが、かなり重要な問題として浮上してきたのだから、仕方がない。

「お店のトイレ。お客さんとさんざんエッチな会話してたら、それが商売でも、やっぱムラムラするねん。ときどき、ひとりエッチせんと、帰り際が危ないねん。お客さんと、やりたくなってまう」

と奈良の女。

「せやせや。うちらかて、生身の女や。うちは閉店後、誰もいなくなった、更衣室で、やってしもた。帰ろう、思ったときにロッカーから、これがポロリと落ちてきてな……それまで神蔵《かみくら》いうお客さんに、さんざん、正常位とバックのどっちがいいって聞かれて、うち妄想してしもたんや。帰るころにはおめこがもう、ぬるぬるに、なっててな。うち、思い切って、後ろから入れてみたわ。酔ってたせいか、めっちゃ感じた」

これは大阪の女だった。

「それで、あなたは？　どこでひとりエッチしたの」

滋賀生まれの女に聞いた。洋子も実際には声が震えていた。こんな聴取は初めてだ。

「えへへ……」

滋賀の女は、うすら笑いを浮かべた。

「うちはな……あの日、アフターでカラオケボックスにいってん。かなり通ってくれていたお客さんとふたりきりや。いい感じのお客さんやったし、エッチしてもいいかぁ～って。で、お客さんが歌っている間に、うちペンライト出して盛り上げていたんよ。そしたらな、いつの間にか、うちパンツおろされてしもて、クリちゃんをつんつんされてしもうた。あかんねん。そしたら、もうとまらへんねん。ペンライトで、クリトリスを振動させながら、お客さんの男根受け入れてしまいましてん」

「それって、強姦罪《ごうかんざい》を適用することも出来るけど、告訴する?」

洋子はかなり苛立《いらだ》っていた。事情聴取なのか、猥談《わいだん》なのか区別がつかなくなっていた。

「あほらし。うちのほうから、股開いたんですよ。完全に合意ですわ。それよか、そのお客さんも、カメラにうつされてしもうたさかいに、申し訳ないんよ。水商売の女としては、お客さんを巻き込むのは、失点やさかいな」

なんともけなげな話だ。

要するに三人が三人とも、攫《さら》われた近所で、ローターを使ったことになる。

――つまり受信基地は、この界隈にあるということだ。

おそらく松重が綾部剛一を自供に追い込み、突き止めるだろう。女三人の調書は波留に取らせることにして、洋子は六階に戻った。

性安課の部屋に戻ると、新垣唯子が悲鳴をあげていた。「見ないで、見ないで」と叫んでいる。

画面に唯子が股を開いて、ロングローターで陰核を弄《いじ》っている姿が映っていた。みずから乳房を搔《か》き出し、片手で揉《も》みながら、クリ責めをしていた。

「新垣……陰毛きちんと処理しているんだ。アソコもきれいだよなぁ」

岡崎が腕を組みながら見ていた。

「やっぱり、あんた、囮《おとり》になりながら、マジオナしていたんだ」

亜矢がいった。亜矢は亜矢で、センターテーブルの角に股間を押し当てていた。くちゅ、くちゅ、と卑猥な音を立てている。

松重と相川が戻ってきた。

「綾部剛一、落ちました。不法撮影、わいせつ物陳列罪、監禁ほう助、および売春強要は認めました。しかし、拉致そのものは否認です。それは、法善組の若いもんたちのようです」

「受信基地はどこだったの？」

洋子は聞いた。

「それが、ちょっと、やばい案件で……」

松重がここではいいにくい、という顔をした。

3

午後十一時を回ったころだった。

洋子は三津寺町の通りに面した立ち飲みバーから、一台のパトカーを見張っていた。浪花八分署の交通課のベテラン警部補若林正樹の乗るパトカーだった。

この男はよく働く男だった。

おりしも交通安全週間であったが、若林は夕方まで御堂筋で一斉取り締まりのテントに入っていたにもかかわらず、夜になってからも、道頓堀から宗右衛門町一帯のパトロールに出ていた。

運転は二十代らしい警察官に任せているが、若林は助手席で目をぎらつかせ、周囲に睨《にら》みを利かせている。

キャバクラやラウンジバーの客引きが、若林がいるのを見ると、必ず、ビルの内側に入り、深々とお辞儀をした。客引きやキャッチセールス行為を道交法で取り締まるやり方である。

生活安全課や地域課のように、店内の営業には踏み込まないが、充分に威嚇効果がある。熱心な警察官だが、見ている限り、行き来している道が限られていた。

宗右衛門町一帯ばかりを周回していたが、いまは三津寺町の水商売専用ビルの前に待機していた。

ビルに張り出されたネオン看板を見上げると、クラブ、ラウンジ、キャバクラ、ホストクラブの店名がひしめいていた。

洋子は黒ビールを飲みながら、目を凝らした。

助手席の若林が手にしているタブレットが気になった。運転席の若い警官に見られないように、窓のほうへ向けて操作している様子なのだ。


三日前。

松重が綾部剛一の尋問で、重要なことを聞きだしていた。

『ローターからの発信を受けているのは、なんとパトカーだそうだ。ミナミ界隈を巡回しながらローターからの発信を受けている奴《やつ》がいて、そいつがローターを使っている女の居場所を逆探知しては、法善組の若頭に教えていたらしい。綾部はその警官が誰であるのかは、知らないという。おそらく、それは本当だろう』

　にわかには信じられない話だが、松重がいうには、繁華街を管轄に持つ署では、地場の暴力団や飲食店、風俗店などと、大なり小なり、癒着《ゆちゃく》しているそうだ。

『しかし、これは度を越している』

　松重が怒りに満ちた顔でそういった。

　洋子は当初、浪花八分署刑事課の狭間寛治警部に疑いを向けた。

波留が綾部を追った際に、出くわしたのも狭間であったし、保護したエクアドル人のカロリーナの聴取をしたのも狭間である。

　そこで松重に狭間の周辺捜査を頼んだ。

　だが、松重は二日ほどで、洋子に報告を上げてきた。

『あの人からは共犯者の匂いはしない。彼は根っからの刑事です。ただひたすら犯《ホ》人《シ》を挙げることにだけ、夢中になっている。それにこの二日、パトカーも使っていません。すべて自分の足で仕事をしている。あの人なら、きっとカロリーナに売春をさせていた組員を引っ張ってきますよ』

そういう報告だった。しかしこの追尾から松重はある目撃をした。

『法善組の組員が、地回りの最中に、ちょくちょく交通課の中年警部補の乗るパトカーに差し入れしているんです。紙封筒。たぶん五万円ほどの商品券ですね……』

松重にいわせれば、これもよくある癒着だという。

『ただ、その頻度が多すぎるんです』

このところ毎日だという。


それが交通課の若林正樹だった。心斎橋のアダルトグッズショップを家宅捜索した際に、容疑者護送のために、パトカーでやってきた男だ。

こうしたことから的が絞られた。

これは所轄に知られず、性安課だけで対処しなくてはならなくなった。

そして朝野波留にも、捜査内容を伏せなければならなかった。

波留を信用していないのではない。マルタイの関係者には、捜査内容を漏らさないのが、捜査の鉄則だった。

十日ほど前まで、交通課に所属していた波留は、この場合、立派な関係者である。

的が絞られれば、捜査は定点観測と周辺聞き込みに移る。

洋子は、浪花八分署の性安課には岡崎と小栗だけを残し、松重、相川、上原、新垣と自分の五人で、ビジネスホテルに出張所《でみせ》を作った。

この三日間、ここを基地にして、ミナミの町中を張り込んでいるわけだ。

昨夜、上原亜矢と新垣唯子がミナミのキャバ嬢たちが集まるホストクラブに潜入し、情報を拾ってきた。

『ミナミでは、この二日間、やたらと無断欠勤の女がいるそうです……』

洋子は法善組も若林も仕事を急いでいる、と確信した。

神戸で松重が売春婦を持ち帰り、しかも彼らのミナミの拠点であったはずのアダルトグッズショップを挙げているのだ。

普通なら、証拠隠滅をして、しばらくは鳴りを潜めるはずだ。

にもかかわらず、女狩りを続けている。おそらく上部団体の兵庫風神会がことを急がせているのだという仮説が立つ。

外国人売春婦の密輸が破たんをきたしているのかもしれない。

あるいは、キャナル号の出航前に、日本人女を積み込んで、輸出しようとしているのかもしれない。

神戸風神会はなりふり構わず、女をあつめようとしているのだ。

——なぜだ？

洋子が若林の乗るパトカーを張り込んでいるこの間に、松重と相川は法善組の若頭を追尾している。いまは千日前通りのクラブで飲んでいるとメールで知らせてきた。もちろんシークレットウォッチでのメールだ。

若林の乗るパトカーの背後に、白いワンボックスカーがやってきた。フロンドガラス越しに、目つきの悪い男がふたり乗っているのが見えた。

そのときだった。

「あれぇ〜、真木課長、こんな時間まで、ひとり飲みですかぁ〜」

前方から朝野波留が連れの女と共にやってきた。洋子は眉間に皺《しわ》を寄せて舌打ちをした。

「こちら、交通課時代の先輩で、戸田恵里さんです」

波留が連れの女を紹介した。洋子はふたりをすぐに店内に招き入れた。

「何でも好きなものを飲んでちょうだい。私がごちそうするわ」

ふたりを連れて、あえて奥の席へと割り込んだ。ちらりとパトカーのほうを覗いた。若林が道路に出て、ワンボックスカーの男たちと会話を交わしている。笑いながら話している。波留とその先輩に気づいている様子はなかった。

「キャリアの真木課長が、こんな立ち飲みバーで、ひとりビールしてはるなんて、意外やわぁ」

戸田恵里という女は上機嫌だった。

「先輩、昨日、プロポーズの受諾をしたそうなんです。今日は女同士で祝杯でした」

波留も陽気な声で、生ビールを頼んでいる。すでにふたりは相当に酔っているように見えた。

洋子は若林正樹の追跡を断念した。このふたりと一緒ではリスクがありすぎる。むしろ若林に悟られない方が重要であった。

「それはおめでとう。で、お相手は？」

「梅田《うめ》三《さ》分《ん》署の同業者です。地域課の巡査長なんです」

戸田恵里は相当気分が高揚しているようで、ビールを一気に飲み干した。幸福に満ちた笑顔だ。羨ましく思えた。

洋子も祝杯に参加した。プチ女子会の様相となった。波留と恵里は、よくしゃべる。ボケて突っ込んで、大きな声で笑いあう。これが本場の「大阪ガールズトーク」かと、洋子は舌を巻いた。

漫才を聞いているより、はるかに面白い。

そのまま、約三十分。三杯ずつ飲んで、お開きとなった。

難波に向かうというふたりと別れて、洋子は三津寺の前から御堂筋を渡った。

ふたりにはタクシーを拾うといったが、こっそりアメリカ村方面へ歩く。性安課の基地《ベース》になっているビジネスホテルは御堂筋清水町《しみずまち》にあるのだ。

洋子はあえて裏道を歩いた。東京海上日動ビルの裏手に出て、摂津《せっつ》八幡宮の前へとつづく道を歩いた。

深夜になっても活気のある通りだった。道頓堀や宗右衛門町一帯が中年サラリーマン姿の人間が多かったのにたいして、この通りは、若者が多い。東京でいえば渋《しぶ》谷《や》と裏原宿《はらじゅく》が混ざったような通りらしい。

辺りはまだ光が煌々《こうこう》としていて、通りを行き交う人も多かった。

波留と恵里を見送った際に、若林の乗ったパトカーが止まっていたビルの方向をさりげなく見たが、すでにパトカーの姿はなかった。おそらく立ち飲みバーの前を通過したはずだが、洋子は奥まった席で、背を向けていたので、気づかなかった。

波留と恵里も話に夢中だったので、知るはずもない。

ひょっとしたら、あのあと白いワゴンで、ホステスが拉致された可能性もあった。――だとすれば、みすみす見逃したことになる。

胸が痛い。

ホテルまで、あと二ブロックというところで、反対側からスケボーに乗ったふたり組の若者がやってきた。渋谷や六本木でもよく見かけるような若者だった。ふたりとも黒いTシャツの上からジャラジャラと鳴るチェーンを下げていた。

ひとりは咥《くわ》え煙草《たばこ》だった。

洋子は道を空けようとビル側に身体を寄せた。

すれ違った。

そう思った時に、洋子側の男の煙草が落ちた。見るともなしに路面を見たときに、洋子は呻いた。腹部に拳を打ち込まれていた。

4

真木洋子は目覚めた。身体が冷えるのを感じて目覚めたのだ。腹部にはまだ鈍痛が残っている。

腕時計を見たが、すでに外されていた。時計ばかりではない。衣服も脱がされている。かろうじて下着だけは残されていた。

洋子は壁に背を付け、膝を抱えた。下着だけでは、とても寒かった。

部屋の灯《あか》りは消されていたが、窓から通天閣と新世界ニューサウナの看板が見えた。その背後に見えるのは日劇ビルと新世界国際劇場だ。

パロディの町大阪らしいネーミングだと思った。東京では日劇も国際劇場も三十年以上も前に消滅している。

窓から差し込むネオンの灯りのおかげで、室内の様子が多少はうかがえた。中央にベッドが置いてある。マンションの一室のようだった。洋子は、立ち上がりベッドに掛かっていた毛布を取った。とりあえず、毛布を被《かぶ》る。

ドアの縁から隣室の灯りが漏れていた。迂闊《うかつ》に覗かないほうがよいと、本能がいっていた。洋子は聞き耳だけを立てた。

女の呻き声が聞こえてきた。

「あっ、いやっ、本当に一回やれば、帰してくれるんですか？」

若い女の声だった。

「それは、わからない。管轄外だ」

中年というより、老人の声だった。標準語のイントネーション。

「まずは、しゃぶってくれないか」

男がズボンを脱ぐ音がする。ワイシャツを脱ぐ音もした。

「お〜い。誰かいないのか？　話が違うじゃないか。そもそも私をこんなところに連れてくるなんて、場違いだよ。帝国ホテルに連れてきてほしいといったじゃないか」

男がさらに別の部屋に向かって叫んでいる。

「社長、すんません。警視庁から性安課というのが、出張《でば》ってきていて、神戸も心斎橋もやられてしもたんで、うちら、ちょっと慎重になってまんねん」

大阪弁の返事があった。

「それは、キミたちの管轄だ。私はちゃんと政界工作をしているじゃないか」

「だから、うちらも関東保守会議に名を連ねる企業さんへの抗議活動はやめたやないですか。御社の燃費偽装の件ももう収まったでしょうに。社長、もうちょっと待ってくださいよ。もっといい女、呼びますから」

関東保守会議？　社長？　標準語の声の主は誰だ？

洋子は毛布を被ったまま、扉のほうへと歩を進めた。張り裂けそうな心臓を、どうにか宥《なだ》めて、息さえも止めながら、扉の脇へとたどり着いた。一センチほど開いた隙間から向こう側を覗く。広いリビングルームだった。二十畳はある。中央にカッシーナの黒革ソファが置かれていて、初老の男がそこに座っていた。その前に女が跪《ひざまず》いている。下着姿だった。ピンクの上下を付けている。

「わしはもう、社長ではない。キミらのおかげで、退任せざるを得なくなったんだ」

「その代わり、もうじき、すごい役目が回ってくるやないですか。へぇ、女、チェンジしましょう」

洋子のいる位置とは反対側の扉から、猪首《いくび》で耳の反った男が顔を出していた。四十代ぐらいで、黒の背広を着た、いかにもヤクザらしい風体だった。

「たのむよ。さっさと抜いて、橋元さんのところに行きたいんだ」

初老の男はトランクス一枚だった。光沢のあるワインレッドの上質なトランクスだ。

洋子はゆっくりと視線をあげた。老人の顔をはっきりと見た。経済誌でよく見る顔だった。

後醍醐自動車の前社長、菱田三男。現関東保守会議副議長。その男だ。

――なぜ、財界の大物が、こんなヤクザの隠れ家のような場所にいる。

洋子はドアの隙間から、目を凝らして、リビングルームの菱田の様子を探った。

「わかってますよ。橋元の姉さんのところに、ＣＡが入ったんですわ。トランクス、脱いで待っといてください。入ると同時に咥えるように仕込んでありますから……おいっ、おまえはこっちに戻れっ。使えん女やな。聞き分けのない女はマニラで働いてもらうことになるぞ」

猪首の男が女の腕を取り、廊下へと連れ出して行った。扉が閉まって、その先は見えなかった。

「いやぁあああ」

廊下から女の悲鳴があがった。だがその声はすぐに喘ぎ声に変わった。

「あぁあ、そこは……だめぇ」

「あほんだら、罰を与えるのに、気持ちのいい穴に入れてやるやつが、どこにおるんや」

ヤクザは容赦がないようだった。廊下側から女が壁にぶつかる音や平手打ちされる様子が伝わってきた。洋子は耳を押さえたくなった。

「……あぁ……　許してください……　マニラでも南米にでも行きます。だから、後ろに入れるのだけは、やめてください……あぁあああ、痛いです……痛いっ」

女の声が一段と甲高くなった。ギシギシと床が鳴る音が重なってくる。

――後ろって、どこだ？

洋子は最悪の状況を妄想しながら、三メートル先にいる菱田三男を見つめていた。

菱田は、廊下の様子を聞きながら、トランクスを脱ぎはじめた。

まさか後醍醐自動車の前社長の男根と鰻玉を、ナマで見ることになるとは思ってもいなかった。肉茎はしなだれていた。明太子《めんたいこ》の中サイズぐらいだ。

「おいっ、社長用のあの女を、早く用意しろ」

ヤクザが手下に叫ぶ声がする。へぇ、と返事があって、すぐに扉が開いた。

女が放り込まれた。

ご丁寧にCAの制服を着せられていた。本物の制服のようだ。一度潰れて、再生した老舗《しにせ》航空会社の制服だった。

背が高く整った顔をしていた。髪の毛はCA風にひっつめられている。三十代後半ぐらいに見える。

「祐美《ゆみ》と申します、社長、失礼します……」

祐美と名乗った女が、ソファに座る菱田三男の前にしゃがみ、萎《しぼ》んだ肉茎を、一気に口の中に含んだ。目を細めて、菱田の顔を見上げている。酔っているような眼だった。

「おぉお、これはいい。五十嵐《いがらし》、いい趣向じゃないか」

菱田が扉の向こう側にいるヤクザに向かって、喜悦の声を上げた。祐美が顔を上下に振っている。勃起し始めたようだ。

「喜んでいただければ何よりですわぁ。橋元の姉さんも、この一週間で、足元を脅かされたんで、やきもきしてはる。はやいとこ、弟さんとみなさんで、立て直しをはかってもらわんと、囲ってる女たちの維持費がかかってしょうがないというてました」

「わかっておるわい。しかしわしらが、売春組織に直接手を貸せるわけがない。竜《りょう》馬《ま》君に、政治献金をして、マユミさんにも当座は凌《しの》いでもらう……」

菱田がそこで言葉を区切った。喜悦に顔を歪《ゆが》ませている。舐《な》められているのが気持ちいいらしい。

「……なぁに、竜馬君が、また威信の会の正式な代表に返り咲いて、党を引っ張ってくれたら、すぐに様々なことが回転しだす。そうなれば朝霧建設が、神戸なんかじゃなくて、今度は大阪港に地下道を作ってくれるさ。それまでの辛抱だ……うっ、出てしまうじゃないか……」

菱田の額に青筋が立ってきた。それでも祐美は夢中で顔を上げ下げしている。ときどき、顔を斜めにして、横にしゃぶったりしていた。

小顔の頬に、亀頭が浮かんで見える。菱田の老根はかなりな大きさに膨張しはじめたようだ。

「菱田さん、そのときは、新設される大阪新府銀行の理事長に収まるんでしょう。そしたら、税金で集めた金を、おれたちに、融資し放題や」

五十嵐というヤクザが、息を弾ませながらいっていた。

さぞや腰を振っているのだろう。床板がギシギシと鳴り響いていた。

大阪新府銀行とは、六年前のデフレ期に持ち上がった構想で、東京の新銀行東京をまねた公共銀行を設立するという案だ。

名目は、メガバンクや近畿圏の地銀が貸し渋る零細企業への融資を促進するということであったが、その裏では、風俗店や町金融への助成が目的ではないかとささやかれている、

通称「ピンク&ブラック銀行」構想だ。

しかしデフレからの回復基調にあることと、東京の例が芳しくなかったために、

府議会では、民自党さえも審議入りに難色を示している案件だった。

「余計なことをいうな。あの銀行は阪神フリーポート構想の柱になる事業だ。けっしてキミたちに融資をするためのものじゃない。あっ……」

菱田の眼が窪《くぼ》んだ。口をへの字に曲げている。

「社長、一回出してください。私、お口で受け止めますから」

祐美が口を引き抜き、今度は菱田の亀頭の裏側に舌を絡めながら、みずからの手を紺色の制服のスカートの中へと滑り込ませた。そして扉のほうを向いて、叫んだ。

「あの、五十嵐さん、もう少しローターの回転力を弱めてください。私、社長のフェラチオに集中出来ません」

「じゃかましいわいっ。飛行機のトイレで、ロングローターを使ってた女が、えらそうなことぬかすな」

「それをいわないでください」

祐美が股間からローターを引き抜いた。洋子は驚いて、目を見張った。ドロドロの粘液が付着したローターが床の上に転がっている。

まだ動いていた。

どうやら扉の向こうで、五十嵐がリモコンを操作していたようだ。

「菱田さんね、その女、先月、橋元の姉さんが、ラスベガスに旅行に行った、帰りの便で、偶然キャッチした女なんやそうや。空の上で、おめこにロングローター突っ込んで、ぐちゃぐちゃにしてたそうです。橋元の姉さんも、まさか太平洋の真上で、エロ画像を受信するとは思ってなかったんで、仰天したらしいです」

「ほう、そうかい。なら、このまま挿入させてもらおう。あんた、膝の上に乗ってくれ。そう、そのままスカートだけまくって……」

祐美がいわれた通りに紺色のスカートをまくっている。下着などつけていなかった。菱田と対面したまま、跨《またが》っている。

洋子には白い臀部《でんぶ》が見えた。

祐美の尻がゆっくり下降した。コーラの瓶のような色をした菱田の男根を、秘孔の奥へと埋めていく。

「ぁあぁ、いいっ。やっぱ、ナマちんぽって、いいっ」

CAが頭を振って、結わいていた髪の毛を解《ほど》いた。ふわりと黒髪が落ちてくる。

「あぁああ、社長も下から、突いてくださいっ。祐美、死ぬほど気持ちいいです」

CAがピストンを始めた。尻が浮きあがるときに、菱田の肉茎の大半が見えた。色が黒いが、形態は、極太蠟燭《ろうそく》が溶けて行く様子に見えた。溶けた蠟が太い筋を垂らしているようなのは、ＣＡのとろ蜜だった。

洋子はこの間、菱田と五十嵐の会話を反芻《はんすう》していた。

――橋元マユミは、前市長の姉であったのだ。

橋元の姉さんという言葉がでたときに、よもやとは思ったが、会話の流れを聞いているうちに、確信を持った。

前市長とその政党、そしてそれをサポートする関東保守会議に集結している名門企業群。そしてその手先となって動く広域暴力団。

ようやく構図が、くっきりと見えてきた。

もはや、筋読みは簡単だった。

目的は、巨大売春組織の構築であろう。この男たちは、大阪に、一大歓楽街を作ろうとしているのだ。

洋子の思考がそこまで到達したとき、ヤクザと菱田が、とんでもない会話を始めた。

「菱田さん、３Ｐに興味はありまへんか？」

「なんだ、いきなり。いまおまえがやっている女なんか、ごめんだ」

「いや、向こうの部屋に、もうひとり女がおるんで。それも警視庁のキャリア課長で……」

「なんだって……」

菱田が、CAの巨尻を抱いたまま、こちら側を向いた。洋子は後じさった。

「浪花八分署《なにわエイト》の若林がうまいこと、気が付きましてな。二時間前に拾ってきましたがな」

なぜ気づかれたのだ？　洋子は毛布を被ったまま窓際まで、下がった。窓のロックを下ろして開けようと試みた。開かなかった。

「真木課長さ～ん。ここまでの話、聞きはったでしょう。いまさら窓から逃げようとしても無理でっせ」

洋子は舌打ちをした。なぜわかる。洋子は室内を見回した。

「うちら、盗撮のプロでんねん。その部屋にはロングローターがあちこちに取り付けてあるんよ。あのレンズ、暗くても映るんですわ。そもそも、穴の中覗くように出来てるもんやさかいにな……真木さん、オナニーでもしてくれるの期待してたんやけど、盗み聞きとは、ずるいやないか」

そのとき、ベッドルームの扉が開けられた。

「菱田さん、なにも心配いりません。この真木さんが、警察署に戻ることは二度とありませんよってな、思う存分、突っ込んでください」

5

五十嵐にブラジャーのホックを弾《はじ》かれた。ブラカップが緩み前に落ちてくる。洋子は慌てて、胸を押さえた。

「CAとキャリア警察官を一緒に抱けるとは嬉しい。すでに大阪性都構想が実現しているようだ」

菱田の逸物《いちもつ》をしゃぶっていた祐美が脇に寄り、菱田の乳首を舐めていた。

「政界、財界が、理想とする大阪とちゃいますか?」

「そういうことだ」

菱田に片腕を摑《つか》まれた。性欲に衝《つ》き動かされている人間は、薬物を使用しているのと同じぐらいにパワーアップするという。

いまの菱田は老人とはいえない膂力《りょりょく》を発揮していた。

「いやっ」

抵抗したが身体が前のめりになり、菱田の膝の上に引き寄せられた。押さえていたブラカップが乱れ、乳房とその頂にある桃色の突起を、ちらりと、見せてしまった。思わぬことだったが、そのブラジャーをCAの祐美にめくられてしまった。

「あら、可愛《かわい》い乳首っ」

祐美が洋子の乳首に唇を寄せてくる。べろりと舐められた。

「あんっ」

洋子は背中をのけぞらせた。気持ちいいとか、悪いとか、そういう区別はつかなかった。こんな状況下でも、粘膜を舐められれば、人は自動的に全身に快美感が駆け抜けるのだ。

「まず私が、仲介《ちゅうかい》してあげる」

祐美が洋子と菱田の間に割り込んできた。菱田の男根を握り、手筒を上下させながら、洋子の右乳首に唇を這《は》わせてきた。

「あう、ぅうう」

ちゅばっ、ちゅばっ、と吸われる。そのリズムに合わせて、菱田の茎も摩擦している。

「それがほんまのチュー介やな」

いかにも大阪人らしい駄洒落《だじゃれ》をいって、五十嵐の姿がリビングから消えた。ふたたび廊下から、女の喘ぎ声が聞こえてきた。

「うち、もう、お尻は、いやや……堪忍どっせ」

「あほっ。ワイぐらい何百人もの女と嵌めまくってきたら、どのおめこも、緩く感じてしまうんや。おぉお、おまえ、ここはよく締まるなぁ」

「あぁあああああ」

そんな会話が聞こえた。

五十嵐にだけは、絶対にやられたくない。もっとも目の前の老人となら、いいというものでもなかった。

菱田に聞いた。

「ひとつだけ、聞きたいんですけど、なぜ、私の動きがわかったんですか？」

「わしの管轄じゃない。あんたが、なにをしていたのかも知らない」

菱田が手を伸ばしてきた。ショーツの上から、窪みを押してくる。下品な触り方だと思う。ぐちゅぐちゅ、と絹のクロッチを押し込んでくるのだ。

「はうぅう」

乳首を祐美に吸われ、股間の穴を菱田に押され、洋子は、たまらず呻き声を上げた。悔しさに唇を噛むが、粘膜は否応《いやおう》なしに快度を送り込んでくるのだ。

「五十嵐、なんで、この人だとわかったんだ。わしも気になる」

菱田が扉の向こうで、女を組みしいているヤクザに声をかけた。

「うちのスタッフになっている若林っていう警察官が、その女の下に異動になった婦警に、GPSを持たせてたんです」

「なんですって?」

洋子は扉を向いて聞いた。その瞬間に菱田にクロッチをめくられた。生の女陰を、財界の大物に見せてしまった。一年半前に民自党幹事長であった杉浦大二郎《すぎうらだいじろう》に人生初の挿入をされている。

——ここでやられたら、政界と財界の大物を制覇したことになるわ。

いざとなると、女は楽天的になるものだ。

「警笛や。若林は婦警に警笛を持たせたんや。最近はGPSの技術もすすんでまんのやなぁ。笛の上に施したコーティングが、反応するんやって。府警本部の鑑識の人間が考案してくれたといってた。だからその子の動きはすべて交通課の若林が把握しとった。最初に神戸のタックスヘイブンへ入ったときだけは、なにをしようとしてるのか、こっちもわからんかった……うぅうう、この穴ええな。狭くて、硬くて、ちんぽを圧迫しよる。ぇぇぇぃ、全部挿し込んだる」

「あぁあああ、だめ、だめっ、全部なんて、絶対だめぇぇぇぇぇえっ。あぁ、お尻、がパンクしてまう……」

女が悶絶《もんぜつ》の声をあげている。ぱんっ、ぱんっ。身体が、ぶつかり合う音がする。

波留にGPSを持たせていたとは、まったく気が付かなかったが、それで納得がいった。

三津寺筋の立ち飲みバーで出会ったのは偶然に過ぎなかったが、近くのパトカーに乗っていた若林は気が付いたのだ。波留と洋子が見当たらなくても、位置情報は若林に送信されていたことになる。

さりげなく立ち飲みバーの前を通過して、覗いて見れば、洋子がそこにいたことを確認できただろう。そこからは五十嵐の手下のチンピラの出番だったわけだ。

「だいたい、気が付いたと思いますが、真木さん、もう帰れまへんよ。警視庁どころか、日本ともお別れです。あんたには、パナマで我々のスタッフになってもらう……おぉお、わい、しぶいてしまったで……」

五十嵐がそういって、がたんと倒れる音がした。声が途切れた。射精中らしい。

「そういうことなら、キャリア警察官さんに、突っ込ましてもらおうか」

菱田三男がＣＡの祐美を放り投げて、洋子の肩を押してきた。床に仰向《あおむ》けに倒された。

「なにをするんですか。菱田社長。この状態で私を解放してくれたら、あなたには拉致監禁は適用されません。私有地内なので、猥褻《わいせつ》物陳列罪にもなりません。でも、もし、その逸物を挿入したら、強姦罪ですよ。亀頭を入れた段階で、現行犯逮捕しますよ」

洋子は冷静に説明した。財界の大立者《おおだてもの》である。リスクは充分知っているはずだ。

「それはあんたが、警察署に戻れた場合だ。このまま神戸から船に乗って、パナマだ。隣の独裁国家に拉致されたということで、あんたの人生は抹消される」

「それが、財界の重鎮のいうセリフですか」

菱田の皺の多い顔に、老獪《ろうかい》な笑みを浮かんだ。

「財界と闇社会で決めたことだ。輸入した女はミナミの活性化のために使わせてもらう。逆に日本人で、使えそうな女は、新しい国で活躍してもらう。あんたは頭のいい人のようだ。アジアで売春婦の元締めになってもらうよりは、パナマで我々の資金管理をしてくれた方が助かる」

「だれが、そんな手先になるもんですか」

洋子は脚を上げて、菱田を蹴ろうとした。

逆に頬を思い切り張られた。菱田は六十代半ばであろうが、とてつもない腕力だった。いままさに性欲によって脳内がパワーアップされてしまっているのだ。

洋子は床に転がされた。そのとき、ＣＡの制服を着たままの祐美が、洋子の上半身に飛び乗ってきた。

「女同士なのに……なにを……するんですか」

「私はマニラかシンガポールの娼婦《しょうふ》の元締めになるコースでいいと思っているの。ＣＡなんて、ちやほやされるのは若いうちだけよ。四十路《よそじ》を超えてこの仕事をやっているのも、辛いしね。財界人への愛人派遣業で、贅沢《ぜいたく》に暮らしたほうがいいわ」

「あなたも、強姦ほう助罪になるのよ」

「私は、ただレズプレイを楽しむだけ……」

いきなり口を重ねられた。舌を絡まされる。同時に双方のバストを揉まれた。

「あぁああ……」

一気に脱力した。女の性《さが》だ、仕方がない。

「じゃぁ、突っ込ましてもらうよ」

菱田が割れ目に亀頭を置いた。

「やめてっ」

洋子はあらん限りの声を上げた。菱田は薄ら笑いを浮かべるだけで、腰を振り下ろしてきた。

ぐちゅ。腫れあがった亀頭が、洋子の淫穴を割り広げて、押し入ってきた。

「あぁあああああ、現行犯っ、逮捕します」

亀頭が子宮にまで到達し、皺玉が洋子の太腿《ふともも》の付け根に当たるのがわかった。

――完全挿入。

「いやぁあああああああああああああああああ」

「いいな。まるで処女みたいな叫び声だ。新鮮な響きだ」

菱田がストロークを開始してきた。鰓《えら》が引き上げられる。ずりずりと擦り上げられ、抜ける寸前で、また打ち込まれた。

人生三人目の挿入。すべて業務挿入。

「あぁあああ、もういや、あぁあああああ」

そのときだった。廊下のほうから、小爆発が起こったような音がした。

「なにすんねんっ。おまえら、ここをどこやと思っとるんじゃ。兵庫風神会若頭の別宅やぞ」

玄関のほうで、若い衆が叫ぶ声がした。五、六人で応戦しているようだった。

「警察だっ。拉致監禁容疑で、ここにいる全員逮捕するっ」

大阪訛《なま》りの声がした。浪花八分署の刑事課狭間の声だった。その背後から別な声がした。

「真木課長っ、いますかっ、いたら声をあげてください」

松重の声だった。

「ここに、いま～す。私、ここでぇ～す。強姦罪も成立しています。松重刑事、ひとりで、そのまま直進して来てください」

洋子はあらん限りの声を上げた。菱田が慌てて、男根を引き抜こうとした。洋子は菱田の尻に両手を回して、押さえこんだ。

「離せ、わしは強姦なんかしていないぞ。合意だ。これは合意のセックスだ」

「いやぁああ、私犯されていま～す。むりやり挿入されています」

菱田の尻をしっかり押さえたまま、叫び続けた。

すぐにリビングルームの扉が開いた。松重が飛び込んできた。

「わっ、真木課長」

「ねっ、現行犯ですよねっ」

洋子は正常位で菱田を迎え入れながら、右手で、Vサインを送った。すぐにタオルが投げ込まれた。

菱田の男根に膣内《ちつない》を摩擦されたのは十回ぐらいだった。忘れようと思えば、忘れられる数だと、思う。

洋子は、この業務は、忘れることにした。

第六章　大阪バイブレーション

1

波留は身を縮めて、その話し声を聞いていた。

「あいつらが、シークレットウォッチを室内に置いたままにしてくれたのがよかった。そうじゃなきゃ、真木課長を発見できなかった」

小栗順平が新垣唯子に話していた。

真木課長は平手打ちを何発か食らっただけで、生命の危険はなかったそうだが、小栗が居場所を割り出していなかったら、どうなっていたことかわからない。

中米パナマに拉致される可能性があったらしい。

波留としては想像しただけで、背中に冷たい汗が浮かぶ思いだ。

早期発見につながったのは、まさに偶然の積み重ねだったようだ。

昨夜、真木課長から予定時刻になっても連絡がないことを不審に思った新垣唯子が、小栗にシークレットウォッチの追跡を頼み、通天閣付近から発信されていた電波をキャッチできた。まさにあのシークレットウォッチの機能が、敵の知るところではなかったのが救いだったわけだ。

しかもその場所の状況を、松重が刑事課の狭間に打診したところ、兵庫風神会の若頭五十嵐が愛人名義で持たせているマンションだとすぐに判明したのだ。

現場付近にいた狭間との連携も実を結んだ。

狭間は例のエクアドル人を保護して以来、法善組の上部団体である兵庫風神会の動きを、この一週間ずっと見張っていたのだ。それが真木課長の早期救出に繫《つな》がったことになる。

波留は胸が痛んだ。それぞれの捜査官が、自分の職務を全うしているおかげだった。そんな中で、自分は、なんて愚かなことをしてしまったのだろう。

捜査員失格だ。波留はそう思った。

二時間前に、事の次第を、松重から聞かされた。

交通課の大先輩である若林正樹が、そんな卑怯《ひきょう》な考えで、警笛をくれたとは、いまでも信じられない。

警笛は現在小栗が分析しているところだ。

関与した府警の鑑識課の人間も先ほど府警の監察官に確保されたそうだ。

この一件は、まだまったく表に出されていない。

マスコミはもとより、府警、浪花八分署内でも伏せられているのだ。

警察庁全体の問題として、長官官房付審議官という、警察機構の中で、とんでもなくえらい人たちの手にゆだねられることになったそうだ。波留などが想像していたよりも遥《はる》かに大きな事案として、もはや手の届かないところに達してしまっている。

『若林正樹と府警鑑識課の共犯者は、今日から有給休暇扱いにされている。直属の長にすら、内容は明かされていない。身柄は明日、東京に送られる。おそらく裁判にかけられることもないはずだ。審議官によって、内々に処分される。警察としても身内の恥を世間に知らせるわけにはいかないんだよ』

松重が苦々しく笑っていた。もはや自分たちの権限を超えたので、しょうがない、そういう顔つきだった。

一方、菱田三男は特別参考人という形で、隠密に取り調べられている。

署には連行せず、大阪駅前にあるヒルトンホテルの一室で、岡崎と上原が尋問中ということだ。

事実上の軟禁ではあったが、こちらにも明日、審議官が到着して、いくつかの取引がなされるらしい。

警察内部における暴力団との癒着の内容を知っている者として、菱田をすんなり裁判にかけるわけにもいかないらしい。

『いつの世も、一番上で計画したやつが、逃げ切るものだ。末端をいくら叩《たた》いたって、風神会から上は出て来やしない』

松重が投げやりにそういっていた。

兵庫風神会の若頭五十嵐武雄《たけお》だけは、すでに表沙汰になっている。マスコミの眼をそちらに引き付けておくためだと、新垣唯子が教えてくれた。

世間の耳目を暴力団の売春に集めておき、その間に、警察内部の問題や、政財界の腐敗は隠密に処理されるらしい。

『警察庁の落としどころはそんなところだろう』

松重がこれも吐き捨てるようにいった。

五十嵐武雄についてのみ刑事課の狭間が取り調べている。

売春組織と不法カジノ経営の双方で、立件するらしい。これだけが浪花八分署に与えられた手柄となるのだ。

菱田や五十嵐がなぜ事件を起こしていたのかも教えてもらって、ようやく見えた。

『そもそも大阪では、キタとミナミでは、おおっぴらな売春、風俗は自粛する、という申し合わせが、市当局と、ヤクザとの間にあったのだそうだ』

これを察侠談合《さっきょうだんごう》と呼ぶらしい。波留が初めて聞く言葉だ。

『十五年前、大阪が五輪開催都市に立候補したときに、市と府警はキタとミナミの健全化をとにかく急がなければならなかった。そのためにはヤクザの協力が必要だったということさ。条件として飛田《とびた》だけは、そのままにしておくのと、ミナミ一帯においても、人目につかないところで行う賭博行為だけは見逃すということだったらしい』

まったくたまげた談合だ。

波留にとっては、頭をいきなり殴られたような思いだ。

『ところが、この二か月の間に、ミナミで五十ほどの店が、オーナーチェンジになっていた。兵庫風神会が資金を出して、地元の法善組が次々に店を買い取ったんだ』

目的は直接的売春ということになる。

『ヤクザのほうが、一方的にルールを破ってきたわけだ。買い取った店では、法善組の組員の愛人たちがママをつとめ、客にどんどん外国人女を斡旋するというやり方だ』

スナックやラウンジバーの席で、そのまま行為に及んだわけではなかったようだ。

それは見事な作戦だった。

『事を始める前に、奴らはカラオケボックスをビルごと買収していた。道頓堀にあるビッグメコーやヨイサウンドだ。カラオケボックスとはうまいことを考えたものだ。スペースとして十分だ。そこに客を連れていき、近くのビルに待機させられていた女を送り込むって、寸法だ。カラオケボックスは、もともとどの部屋にも監視カメラがついている。女の逃亡の監視もできる上に、そこで行われたセックスの映像を販売し、さらに二次的な利益を生むというしたたかさだ。まったくヤクザの考える商売というのは抜け目がない』

そういえば交通課の戸田恵里と道頓堀のぼてぢゅうに行った夜も、ひとりでカラオケボックスに入る男を見かけたものだ。

あれはカラオケを楽しむためではなかった、ということなのかもしれない。

『同時に、兵庫風神会は、後醍醐自動車の燃費率の改ざんや朝霧建設の耐震偽装を嗅ぎつけていた。いまマスコミに出ていることは氷山の一角で、実際は、もっととんでもない不正が隠されているらしい。それで、脅された財界が、神戸風神会に援助をし、なおかつ、大阪市当局にも、なにかと便宜を図るように要請していたらしい。もっとも、さらにこの上にはなにかが隠されているようなんだが、それは俺のレベルでは捜査もかなわない』

松重はもはや捜査そのものには興味がないという顔だった。事案ごと警察庁の上層部に取り上げられてしまったので、動きようがないのだ。

波留に大筋を説明すると、松重は相川を伴って、府警本部に出かけていった。警察庁から、拘束している若林正樹の取調べを依頼されたのだ。

大阪府警察本部関係者では証拠隠匿、供述教唆の可能性があるので、明日警察庁に引き渡すまで、当事者ではない松重と相川が担当するように命じられたのだが、実のところは単なる見張りらしい。

課長の真木洋子は、いまのところ、まだ浪花八分署には出てきていない。

梅田にある府警のセーフハウスで、東京の警察庁からやって来た審議官に事情を説明しているとのことだった。

警察庁としても、政界、財界となんらかの取引《バーター》を考えているらしい。

可能な限り穏便な捜査をして、それぞれの顔が立つ形で、手を打つ方針なのだ。

これは小栗から聞かされた。

とんでもなく難解でかつ巨大な事案であって、波留は考えが及ばないが、とにもかくにも、当の真木洋子に自分の軽率な行動を詫《わ》びたかった。

自分さえあの立ち飲みバーなどに行かなかったら、課長は拉致されるような事態にならなかったのだ。

波留は混乱した気持ちのまま、小栗の作業を見守っていた。小栗は警笛の分析結果をまとめる報告書を作成している様子だ。

警笛には微量の発熱液がコーティングされており、それをキャッチする仕組みになっているらしかった。

神戸の行動までは把握されていなかったのは、兵庫県警の管轄だったために、若林が追跡しようがなかったのだと思う。

そして心斎橋での家宅捜索直後に、若林が現れたのは、その微熱をキャッチされていたからに違いない。

波留は、ひとめ若林に会いたいと思った。

どうして、犯罪に加担したのか？　なぜ警察を裏切るようなことをしたのだ。直接聞いてみたかった。

――交通課は、私の故郷《ふるさと》だ。

波留は松重の許可を得ぬまま、府警本部へと向かった。


谷町《たにまち》四丁目の府警本部庁舎に入るのは、久しぶりだった。

「来ると思ったよ」

取調室の前の廊下で松重が背広の袖で、額の汗を拭いていた。相川も疲労困憊《こんぱい》の表情で、ピーナッツコッペパンをかじっている。

「若林さんに会うことは可能でしょうか？」

「基本、府警および所轄の人間はNGってことになっている」

「私は、性安課の人間ではないのでしょうか？　若林さんは、容疑を認めてるんですか？」

波留は食い下がった。

「容疑は認めているが、動機については語っていない。肝心なのは、そこだ」

松重が相川のピーナッツコッペパンを横取りしてかじった。相川が頬を膨らませてからいった。

「波留ちゃんが、会ったらどうでしょう。聞き取りではなく、差し入れ、ということで」

波留は松重に顔を覗《のぞ》き込まれた。じっと目を見つめられた。

「朝野……おまえ、いまは性安課の捜査員だって、はっきりいったよな」

念を押された感じだ。

「はいっ」

波留は松重と相川に敬礼をした。

背筋をきちんと伸ばして、目に涙を溜《た》めながら、敬礼をし続けた。

——信じて欲しい。

浪花八分署を代表してそういいたかった。

「わかった。おまえさんになら、若林も本音を話すかもしれない。俺たちは中に入らない。あくまでも任意の差し入れを許可するだけだ。聞いた内容を俺たちに話す義務もない。府警や察庁《さっちょう》の審議官には内密だ、ただし五分間だけだ」

「わかりました。五分だけでいいです」

　波留は敬礼したままでいった。

「その時計は置いていけ。俺たちは盗み聞きをする気はない」

　腕にはめていた、性安課のシークレットウォッチを外し、松重に渡す。交通課の警笛もない。自分の所属がどこにもなくなってしまったような気分になった。

「波留ちゃん、頑張ってきなよ」

　相川に背中を押された。ずっしりと重い手のひらだった。いまはこの一言だけでもありがたい。

　波留はしっかりと頷《うなず》き、取調室の扉を開けた。

2

　中央に置かれた机の向こう側に若林正樹が、座っていた。

「朝野か……えらいすまんことしてしまったのぉ」

　頭を下げられた。銀髪だが、かなり薄くなっていた。下げた頭の頭皮が透けて見えた。

「聞きたいのは、ひとつだけです。なんでですの？　なんでこんなこと、してしまいはりましたん？」

ストレートにぶつけた。世間話などする気もなかった。

「まだ、交通課の人たちも、知りませんけど、みんなも聞きたいのは、ひとつだけやと思います。なんで、ですのん？」

もう一度聞いた。

「わしなりのレジスタンスや。警察ちゅう組織に対する、挑戦やった」

若林は波留の顔を見ていない。天井を向いて話している。

「これだけ、階級のはっきりした組織はあらへんな。世の中、やれ男女雇用機会均等法や、一億総活躍や、自由競争や、ゆうけれど、警察官の出世は決まってる。すべて試験や。民間企業やったら、実力を認められたり、上のもんの引きで、出世が見込めることもあると思うが、警察官は、まったく無理や。試験による階級しかないねん。キャリアは最初からキャリア。捜査経験がなくても、出世はとんとん拍子やな。それでも捜査部門はええで。独自の道を歩める。狭間ちゃんなんかは、刑事で、ええなぁ。自己実現ゆうのが出来る。そこへいくと、わしなんか三十年以上も交通課だけや。駐車禁止の紙ばっかり貼って、人生をおえんねん」

「立派な仕事だと、私は思っていました。市の交通機能が維持されているのは、各所轄の交通課が、日々奮闘しているためだと、自覚しています」

波留の本音だった。

「わしも、三十代まではそう思っておった。けどな……むなしいようになってもうた。わしの娘な、高校生でんねん。御堂筋で、ときどきわしのこと見かけたらしい。で、いわれたんや。おとうちゃん、毎日、笛吹いて手を振っているけど……。うち友達と一緒のとき、恥ずかしいわ、ってな」

「娘さん、わかるときが来ると思います。私の父は中学の英語教師ですが、娘の私から見てかっこ悪いと思うところ、たくさんありました。うちに遊びに来た帰国子女の友達に、波留のおとん、英語の先生のくせに発音わるいなぁ、っていわれたんです。うち、父に、なんで、国語の教師やなかったんや、って罵りました。高校生ぐらいまでの女子にとっては、友達に対しての見栄《みえ》が一番大事なんです。でも、自分が働くようになって、父も頑張っているんだなって、思うようになったんです」

「そうかぁ」

若林ははじめて波留に視線を寄越した。憔悴《しょうすい》しきった目だった。

「娘さん、じきにわかるようになると思います」

「もう、遅いんや」

「本件は、隠蔽《いんぺい》処理される模様です。実際には、懲戒免職であっても、形式だけは依願退職になる可能性もあるのではないでしょうか。娘さんを傷つけずにすみます」

波留は推測だけで、伝えた。そうあって欲しいという、波留自身の願望でもあった。

「ちゃうねん。わしの娘な、もう奴《やつ》らの手に落ちてしまってんねん」

「なんですって？」

波留は声を荒らげた。思わず廊下の外にいる松重と相川に聞かれたのではないかと、振り返った。扉が開く気配がなかった。

「一年前にな、アイドルのコンサートに行ってな、あのペンライト買《こ》うてしもたんや。いや、娘はオナニーなんてせえへんかったで。これは本当や」

「だったら、脅される秘密はないじゃないですか」

「ミナミでナンパされてしまったんや。運が悪いことに、ナンパした男が綾部剛一の手下やった。ペンライト持っていたさかいに、ラブホに入って、ペンライト、すぐに活用されてしまったんやろな。バッチリ撮影されてもうた」

若林は無念そうに、拳で机を軽く叩いた。

「娘さん、いまはどこに？」

「橋元マユミが女を囲っているミナミのビルに軟禁されていたが、昨日、わしらが、つかまったので、たぶん、そのアジトは、もう動かしたと思う」

「心当たりはないんですか？　神戸とか」

「いいや、あんな大勢の女、それもパスポートもない外国人を移動させるんやから、そんなに遠くには、動かさんやろ。わしの直感やけど、カラオケボックスの店やと思う。道頓堀のビッグメコーではなくて、千日前通りのヨイサウンドのビルやないやろか」

「若林さんが、よく検問を張っていた場所ですね」

「そや、ビル全体の見張りも兼ねておった。若林さんは、もうええ。容疑者のことは、呼び捨てにするもんやで……」

若林が力なく笑った。

そのとき扉がノックされた。松重の声がする。

「八分経《た》った。いちおう所轄の分署ナンバーにちなんで、ここまでは、許容した。だが、もう終わりにしてくれ」

「わかりました」

波留は若林に深々とお辞儀をして、背中を向けた。若林が「おいっ」と叫んだが、振り向かなかった。

府警本庁舎を飛び出して上町《うえまち》筋に飛び出した。タクシーを拾おうとすると、目の前にミニパトがやって来た。

「波留っ、そんなに急いで、何処《どこ》、いくん？」

浪花八分署交通課の先輩戸田恵里だった。

「せんぱーい。助かりました。ちょっと乗せてくれますか」

強引に助手席を開けて、乗っていた後輩婦警を後部席に回して、乗り込んだ。

「なにごと？」

「すみません、いそいで、千日前通りのカラオケボックスまで、お願いします」

「あんたな、ミニパト、タクシーちゃうんねん」

「ほんま、すいませんっ。けど先輩、明日になったら、すべてお話ししますよって、いまは、何にもきかんと、乗せていってください」

波留はステアリングを握る恵里に、頭を下げて頼んだ。

「ほな、サイレンでも鳴らして、いこか」

「いやいや、目立ちすぎるのも困るんです」

「なんや、めんどくさそうやなぁ」

ミニパトは勢いよく飛び出した。

「先輩も、本部に用事でしたん」

「いいや、ちょっと、梅三の大野ちゃんに弁当届けに行ってきたんや」

恵里が前を見たまま、ペロっ、と舌をだした。

「あきませんやん。私用にパトつこたら」

「内緒や、だから、波留のことも乗せてるねん。あんたかて、タクシー代わりや」

後部席で、交通課で一番若い婦警が咳払《せきばら》いした。

「今日だけやで、こんなんことしてんの。大阪府警は一切の公私混同はしないゆうのんが、スローガンや」

恵里が後輩に聞こえるように、大きな声でいっている。うそくさすぎる。

「ところで、先輩、ペンライト、どうしてますか?」

気になることを聞いた。

「あぁ、あれならうちに置いたままや。ときどきテレビの歌番組を見ながら、あれを振って、応援してるけどな」

「先輩って、お住まいどこでしたっけ？」

「けったいなこと聞くなぁ。うちは淀川《よどがわ》の向こうや。駅でゆうたら、御堂筋線の西《にし》中島南方《なかじまみなみがた》。大阪一、ややこしい駅名やね」

安心した。それなら、仮に違う使い方をしていても、電波が届くことはない。

「そやったら、ミナミよりキタのほうが近いですね」

「そういうことや。梅田あたりの署に、異動になれへんやろか」

頭の中は梅三の大野巡査長のことで、いっぱいいっぱい、のようだ。

交通課のミニパトガールは、何よりも地場での土地勘が大事だった。したがって、一度配置された署を、そうそう換えられることはない。先輩も承知なはずだ。

ミニパトの先に政党の街宣車が走っていた。

日本威信の会の車だ。緑色の幟《のぼり》が風にはためいていた。

「選挙時期でもないのに、最近、やたらと威信の宣伝カー、見るなぁ。橋元竜馬《はしもとりょうま》さんを復帰させるキャンペーンやろか」

恵里がいっている。

波留は押し黙った。前市長で、前代表である橋元竜馬の名前が頭をよぎると同時に、波留の頭の中に橋元マユミの顔が浮かんだ。

元町で、ちらりとだけ見かけた女。グラビアモデルのように、抜群のスタイルを持った女。

――あの女が、ミナミの娼婦《しょうふ》をすべて牛耳っているんや。

いっこくも早くカラオケボックスに潜入したかった。波留は誰にも相談しないで、向かっていた。

真木洋子の仇《かたき》を取りたい。そして、もしそこにいるのなら、若林正樹の娘を取り返したかった。ろくに捜査経験もない自分に、どこまで出来るかわからなかった。

ただ、いまは、感情が優先していた。この衝動は抑えられない。

「だけど、波留ちゃん、うち羨ましいわ」

唐突に恵里がいった。

「なにがですか」

「私服。それ官費支給品なんやろ？」

波留はベージュのツーピースに白のシャツを身に付けていた。真木洋子が波留のために見繕ってくれたブランドものだった。毎日コスプレのような制服を着ていなければならない婦警には、羨ましいに決まっている。

こんなことが重なっていくうちに、若林のような気持ちになるのかもしれない。

同じ警察官でも、配置された場所で、任務も服装もまったく異なってしまうのだ。

「これは、一種の衣装ですよ。レンタル品。汚したら、洗濯代払わんとあかんし、最悪、自腹で買い取らないといけないんで、逆に神経使います」

嘘《うそ》も方便だと思った。

「なんや、それやったら、制服のうちらのほうが気楽やな」

恵里の頰がほころんだ。

難波エリアに入っていた。千日前通りに入ると、すぐにカラオケボックスのビルが見えてきた。八階建てのビルだった。

「うひゃぁ〜。あそこにも、威信の会の街宣車、止まってるで」

恵里がミニパトをスローダウンさせながら、路肩に寄っていく。

「あっ、あんまり街宣車に近づけないで、信号のひとつ手前でお願いします」

「了解。ミニといってもパトやさかいな。マルタイに気づかれんように、入らな、ならんのやろ」

恵里がいっぱしの刑事のような口の利き方をした。

「そうです、先輩。助かりました」

停車したミニパトから飛び出した。波留に席を譲って後部シートに回っていた後輩婦警が、波留の背中に手を伸ばしながら「あの……」といった。

構わず、カラオケボックスビルに歩を進めた。目の前に止まっていた街宣車の上から演説する声が聞こえた。

「みなさん、久しぶりです。橋元竜馬です。もう一度大阪のために汗を掻《か》きたいと思います」

おもわぬ有名政治家の登場に、歩道を歩く人々が足を止め、街宣車を見上げている。人だかりは、波留にとって、むしろありがたかった。この人ごみに紛れてビルへ入ることが出来る。

「大阪は、そもそも東京よりも、はるかに歴史があるんです。最近、大阪は、元気がなくなっていませんか。東京に比べて、自分たちは自信がない、みなさん、そう思っているのではないでしょうか。ぼくはね、そんな大阪の威信を取り戻すために、もう一回立ち上がることにしたんです」

歩道から大きな歓声が上がった。やはり人気はまだまだある。

「まず、儲《もう》けましょう。政府の経済回復は大企業重視です。けれど、大阪は、中小企業、零細企業の都市《まち》です。まったく違う経済政策が必要なんです。ミナミをもっと活性化しましょう。小さな飲食店がもっと儲かる仕組みを作りましょう。日本威信の会は、それを実現させせます」

わざわざ喫茶店から出てきて、演説を聞いていた中年の男が、声援を送っている。

「せやっ、あんたがもう一回、陣頭指揮しなはれっ」

「おおきにっ。頑張ります。おっちゃんも、そないなとこで、のんびり演説なんか、聞いていないで、しっかり儲けること考えてなぁ。商いは飽きずにコツコツでっせ」

笑いが起こった。

3

波留は独立系カラオケボックス店に入った。「ヨイサウンド」。大手の「ジョイサウンド」とは一切関係がない。

大阪人は、割り切って、そうしたダジャレの店を好む。

フロントで一人であることを伝えた。

「女子ひとりって、珍しいでしょうか？」

「そんなことはありません。最近は女性ひとりのお客様、多いですよ。当店では、二階と三階をおひとり様用のコンパクトルームにしてあります。料金も格安です。そちらで、よろしいでしょうか」

一時間二百円。ワンドリンクはマスト。ただし百円のアイスコーヒー一杯でも良い。そういう条件だった。フリードリンクなら別に三百円。

「ＯＫです」

「三〇二のお部屋にどうぞ」

マイクを受け取った。

「あっ、ついでに、これをサービスに差し上げています。ご自由にお使いください」

ペンライトを差し出された。例のロングローターだった。

「タンバリンやマラカスを貸し出す店は多いけど、ペンライトをくれる店は初めてだわ」

「女性の方にのみプレゼントしているんです。歌いながら振ってみると、結構楽しいみたいです」

受け取ってエレベーターに乗った。防犯カメラにはっきり顔が映らないように、下を向いた。

驚いた。この店のエレベーターには、箱《ゲージ》の床にもレンズが取り付けられている。スカートの中の盗撮。さらには、淫らなことをするカップルを盗撮するのだろう。広角レンズと思われる「目」が床に二点埋め込まれていた。

波留は、出来るだけレンズに映らないように、隅に寄った。

三〇二号室に入った。ひとり用は二畳ほどのスペースだった。確かに狭い。しかし、ネットカフェに比べれば倍の広さだ。

まずは一曲歌ってみることにした。

このビルのどこかに、女たちが監禁されている可能性は十分あった。同時に同じフロアに入ってくる男性のひとり客のボックスには、娼婦がやってくる可能性がある。ひょっとしたら、そのために二畳のスペースを確保しているのではないかとさえ思えた。

そうしたことを探索したいが、怪しまれないためには、まず一曲歌うほうがいい。

カラオケボックスなど久しぶりだった。しかもひとりは初めてだ。

選曲した。男性アイドルのナンバーを選んだ。大阪出身の七人組のアイドルグループ。そのグループのデビュー当時のロックンロールを選んだ。大阪のおばちゃんを主人公にした、地元ではいまだに人気のある曲だ。

液晶画面に大阪ならどこにでもありそうな商店街が浮かぶ。テロップをなぞりながら、波留は歌った。歌っていると気持ちがいい。あえてロカビリー風にしたエイトビートのリズムに乗って、腰を振った。

――楽しい。

などと思っている場合ではなかったが、歌はやはり楽しい。

二曲目を選んだ。大好きなE-girlsの最新曲を歌った。おのずと、身体《からだ》が動いてくる。調子が出てきた。歌い終わると、快適な汗を掻いていた。

三曲目を選ぼうとしていたときだった。液晶画面に変な映像が映し出された。選曲の間に流れるミュージッククリップの途中に、〇・五秒ぐらいだけ違う映像が見えた。あまりにも一瞬すぎて、映っていた絵がなんだったのか、わからなかった。

もう一度来た。

波留は目を凝らした。今度は三秒ほど映った。

「えっ」

流されたのは、女の股間で、突起にペンライトがあてられていた。突起がブルブルと振動させせられていた。

「な、なんやの？」

映像はすぐにまたミュージッククリップに戻った。アメリカの女性シンガーのクリップだった。

波留は自分が幻を見たのかと思ったが、すぐに気が付いた。

サブリミナル効果を求めているのだ。見ている者の意識下にペンライトの別な使用方法を埋め込もうとしているのだ。

――ペンライトによるオナニーを誘っている。

波留はさりげなく監視カメラを探した。

あるある。上下左右に四個ものレンズが埋め込まれている。

そしらぬ顔をして、液晶画面だけを見つめた。やはり、もう一発来た。

女の股の裂け目のアップで、ペンライトが上下していた。肉芽や花びらが、ブルブルと振動している様子が、約十秒も映し出されたのだ。最後に大きくテロップが流れた、右から左に向けて文字が流れる。

――大阪バイブレーション。

アホかっ。突っ込みたくなる気持ちを抑えて、どうするべきかを考えた。ここは、サブリミナルに引っかかったふりをしたほうが、いいのかもしれない。

ためらいはあった。

このペンライト、いや正確にいうなら、このロングローターには、バイブレーション効果とその先端に、レンズが付けられているのだ。

感じてしまうかもしれない。

――オナニーなんか、したことあらへん。

ダンスに明け暮れた青春だった。欲求不満を覚える暇もなかったのだ。一日中踊り、くたびれた身体と脳のおかげで、ぐっすり眠れぬ日はなかった。

弄《いじ》ったこともない。

どこかに映ってしまうかもしれない。

たとえ下着の上からローターで触っても、パンツの割れ目とか、凹《へこ》みとか、そういった模様は、レンズに捉えられるのだ。

それでも……。

どこかで、覗いている橋元マユミに、捜査員だとは思われたくない。波留はスカートの中にこっそり、ペンライトを挿し込んだ。股布に当てる。

今日、何色のパンツを穿《は》いてきたのか思い出せない。だいたいの女がそうではなかろうか。

ちくっ、ときた。花芯に当てたようだった。変な気持ちだった。

でも、呻《うめ》いてみたほうが、いいのかもしれない。

波留は、眉間に皺《しわ》を寄せ、「あぁ」と息を漏らしてみた。そのとき、ペンライトの先端が、少しだけ上にずれた。

「ふわっ」

本気で声を漏らしてしまう。触ったことのない、女の突起に当たったようだった。なにこれ？　そんな感じだった。

びくっ、と電気が走ったような感覚。その感覚は、とても甘やかだった。

これは癖になる。もう一回、今度は、意図的に突起している部分に、先を触れさせた。

「うぅうううう」

前代未聞の快感が全身に走る。波留はとうとうスイッチを入れた。ブルブルっ、ときた。

「くぅうううう」

呻きながら、脳内に「大阪バイブレーション」の文字が浮かんでは消えた。三十秒ほどあてがっていると、いきなり身体が持ち上がり、脳内で何かがすとんと落ちる感覚を得た。

そのあとは、くすぐったくて、触っていられなかった。

ペンライトをスカートの中から抜いた。

もう充分、演技は見せたことになる。

波留は廊下に出た。

廊下のあちこちにも監視カメラがあることは明白だった。あまりきょろきょろせずに、真っ直《まっす》ぐトイレの方向に向かった。いくつかのボックス前を通り過ぎた。窓は上にしかつけられていないが、歌っている人の後姿だけが見えた。圧倒的に男が多い。

三番目に見えた個室の男の動きが変だった。

窓から見えたのは横顔だった。目は天井を向いていた。マイクに向かって声を発しているが、それは「あっ、あっ、あっ」といっているように見える。腰をカクカクと振っているのだが、下半身は見えない。

ゆっくりトイレに向かった。長い一本道のような廊下を進む。と、目の前の扉が急に開いた。女が出てくる。外国人だった。首からタオルをさげて、手には小さな籠を持っていた。籠を覗くとその中には、コンドームの袋や、おしぼりの類が入っている。

波留を認めた外国人の女は驚いた顔していた。

「シゴト、イマ、オワッタ。オトコ、チャントダシタヨ」

波留を店の人間だと勘違いしているようだった。波留は親指をあげてみせた。グッジョブといってやったつもりだった。

女はすぐにエレベーターに向かって、やってきた箱に乗り込んでいった。階数を覗き見した。顔を動かさず、視線だけを横に流した。

八階。たしかにエレベーターはそこまで上昇していって、停止した。

波留は用心深く、トイレに寄り、パンティの色を確認した。白だった。ほっとした。普通だが、とりあえず人に見られてもいい色だと思った。

シルキーホワイトのパンティをペンライトで突いたわけだが、幸い染みはついていなかった。窪《くぼ》んでいるのは、いたしかたない。

ふたたび自分のボックスに戻った。そのままエレベーターに乗り込むのは、あさはかだと考えた。監視されているのはわかっている。三十分ほど、たっぷり歌った。

ボックス内の電話を取って、チェックアウトを伝えた。

エレベーターの箱に乗りこんだ。八階を押した。箱が上昇する。その瞬間に一階のボタンを押した。うっかり間違えた、と弁明するためだ。

八階の扉が開いた。

ぬっと、大きな手のひらが伸びてきて、いきなり腕をつかまれ、廊下に引きずりだされた。

4

ふたりの男に両腕を抱きかかえられ、正面の部屋に連行された。ひとりの男には見覚えがあった。道頓堀で波留のパンツをはぎ取った半グレ集団のデブ男だ。もうひとりの男は明らかに本職のヤクザだ。

連れ込まれた先はベッドルームだった。大きなベッドに転がされた。ふたりがかりで襲いかかってきた。容赦なく衣服に手を伸ばしてくる。

「いやっ、私、警察ですよ」

叫んだが、男たちは無表情だった。一心不乱に波留の服を脱がせようと、手を動かしていた。

ヤクザにジャケットを脱がされ、デブにスカートをおろされた。

波留は息をのんだ。あまりの驚きに声も出なかった。

無言なのが、とても不気味だった。

白いシャツのボタンがはじけ飛び、あっという間にブラジャーとパンツ一枚だけにされる。

「な、なんやの」

声を振り絞って、聞いたが、男たちは答えなかった。答えるはずがあるわけなかった。

おそらく入店した時点から、見張られていたのだ。道頓堀のデブ男がここにいるということは、顔が割れていたということだ。

またしても不覚を取ってしまったようだ。

「いや……」

波留は初めて犯される恐怖を実感した。やられる。間違いなく、数分後にはこの男たちに、身体を凌辱《りょうじょく》される。その後、どう処分されるかは、わからない。

足元から恐怖がじわじわと上がって来た。

「若林さんの娘さんは、どこにいるんですか。せめて彼女だけは返してください」

ヤクザたちが、警察とはいえ小娘でしかない波留の要望など聞くわけはないのだが、とりあえず、必死でもがきながら、そう叫んだ。

「そっかぁ、あんたあの女助けに来たのか……遅かったなぁ、もう船に積んでしもたよ。知っての通りの状況になったから、今夜出航だ」

半グレが教えてくれた。もうどうにもならないことだから告げたのに違いない。

「出航に間に合うように、あんたのことも連れて行かなきゃならんけどね」

ヤクザの指がブラジャーのホックにかかり、デブ男はパンツの脇ゴムを引き下げようとしていた。

真っ裸にされそうだ。

「いやぁあああああああああああああああ」

初めて声が出た。身体中が凍りつき、首筋に冷や汗が浮かぶ。両手両足を全力で振って抵抗した。

「おいおいおい。それ以上脱がしたら、俺の楽しみがなくなっちゃうやないか。レイプごっこなんやから、そこから先は、俺が虐《いじ》めないと……」

開きっ放しだった扉から、バスローブ姿の男が入って来た。

その男――橋元竜馬だった。

「姉さんも、趣向が凝っとるなぁ。超本物っぽいよなぁ。このプレイ」

竜馬がベッドに飛び乗ってきた。ヤクザとデブが退く。

「なんてことですか。前市長」

波留は自分の眼を疑った。

先ほど街宣車に乗っている姿を遠目に見たものの、橋元竜馬は波留にとっては、テレビの中の人間だった。それが今、目の前にいる。

バスローブを脱いだ。真っ裸だった。股間の逸物《いちもつ》がそっくり返っている。天狗《てんぐ》の鼻。

この男にして、まさにイメージ通りの男根だった。

「おおきに、俺のストレス発散相手になってくれるなんて」

「そんなんじゃないですっ。拉致された女《ひと》たちは、どこにいるんですか。政治家だったら、探してください」

波留はベッドの上を転がるようにして逃げた。

「拉致対策なんて、国政レベルのことを請願《せいがん》されてもかなわんなぁ。でも、リアルや。マユミ姉さん、最高のキャスティングや」

竜馬が天井のカメラに向かって叫んでいる。ヤクザとデブ男が出ていった。扉の外側で見張っているようだった。

「私、警察です。絶対に触らないでください」

波留は身構えた。ベッドヘッドに背中を付けて、体育座りになっていた。

腕をクロスさせ、手で左右の肩を押さえて、バストをブロックしたが、体の震えは止まらなかった。

「いいっ、あんたいいね。威信の会から市議会に出るといい」

竜馬がブラジャーの谷間を引っ張った。フロントホックではない。つなぎ目がギュっ、と伸びて、ブラが無理やり浮き上がった。

「乳首、めりこんでるやん」

覗き込まれた。はっとして波留自身も覗き込んだ。背中を丸めてカップとバストの間を覗き込んだ。

「な、わけないよな……乳首ちゃんと勃起してるやん」

強烈な恥ずかしさがこみ上げてくる。

波留は前市長の顔を平手で張った。思い切り張った。橋元竜馬の顔が歪《ゆが》んだ。怒りに満ちた視線で睨《にら》まれる。

橋元竜馬の背中で、扉が開いた。ヤクザが入ってきて押さえ込まれるのかと思ったが、飛び込んできたのは、黒のパンツスーツ姿の橋元マユミだった。

「姉さん」

頬をさすりながら、竜馬が笑った。

このふたりが、姉弟《きょうだい》だったとは。波留は驚愕《きょうがく》した。眼を見開いて、橋元竜馬とマユミを見比べたが、その顔をいきなりマユミに張られた。

「あんた、前市長に手を出すとはなにさまのつもりや。この人はなぁ、日本の威信を取り戻すために、頑張ってはるのや。この人がいなかったら、いまにこの国は、外国に占領されてしまうで」

もう一発張られた。今度は往復ビンタだった。波留は目が眩《くら》み、意識を失いそうになった。生まれてこのかた、他人にこれほどまで、顔を張られたことなどない。警察学校で、空手、柔道や護身術は学んだが、たとえ平手でも、殴られるということはなかった。

背を付けていたベッドヘッドから体が滑り落ちた。脳内に火花が飛んだままだった。抵抗しようにも、身体が硬直して、どうにもならなかった。

橋元竜馬に背中のホックを外された。

はらりと、カップが落下する。

うろたえて、胸を押さえようとしたら、竜馬はその隙に腰骨に両手を伸ばしてきた。てっきり脱がされると思った波留は、かすかに腰を引いた。

腰骨に伸ばしてきた手はフェイントだった。左右に広がっていた手が、すっと合わされ、波留の股間に舞い降りてきた。

「あぁ」

パンツの股布が、脇に寄せられていた。女のもっとも敏感な粘膜が、外気にさらされる。

ペンライトでちょっぴり熟れていた粘処がエアコンの風に吹かれて、ひんやりとした。

「濡《ぬ》れてまんなぁ。ＯＫマークやん」

橋元竜馬はどこまでもお茶目だった。

「竜馬、もう時間ないねん。さッさとその女、やってまい。お姉ちゃん、その女、神戸につれていかなならんから」

マユミのほうはベッドから降りて、壁際で腕を組んでいた。この女の見ている前で犯されると思うと、身の毛もよだつ。

「ほな、威信にかけて、大阪バイブレーションしたろ」

橋元竜馬が、波留の秘所をじっと覗いている。

「やめてくださいっ」

竜馬の手を払いのけた。波留は股布をもとの位置に戻した。

「ええなぁ、その気の強さ。あんたほんまに政治家になったらよろし。俺と一緒に、大阪の改革をやらへんか」

「改革って、何をするんですか」

「東京が政都なら、大阪は性都や」

聞いていても意味がわからなかった。

「どこが違いますの？」

「あんたかわいい。でもおめこ出しながらする話とちゃいまっせ。まずはやってからや」

強引に脚を割り広げられた。ブラとパンツはつけたままだった。

「全部脱ぐより、いやらしくみえんねん」

どこか変わった政治家だった。

「ってか、なんで、私、やられなあかんのですか……」

「俺も、よう知らん」

「そんなんで、やられるの嫌です。私、処女なんですからっ」

いったとたんに橋元竜馬が、ぷっ、と笑った。

しばらく下を向いたままでいる。じっとパンツの股布を見つめている。割れ目の筋が浮かんでいた。超恥ずかしかった。

後方で橋元マユミが笑う声も聞こえた。

「そういうオプションのつけかたもあるんやなぁ。処女って言わせたらええのや」

マユミがビジネスライクに言った。波留は声を上げた。

「嘘じゃないんです。私、本当に、初めてなんですっ」

天井に向かってあらん限りの声を上げた。

ふっ、ふっ、ふ。竜馬の笑い声が次第に大きくなってきた。

「処女やて？」

首を傾《かし》げている。まったく信じてくれていないようだった。

「わかった。処女やね……そういうことなん……わかった、たくさん抵抗してな」

竜馬が、いうなり、股布を寄せて、男根をあてがってきた。

「うわわわわ。むりっ、そんなの、入らないです」

波留は目を見開いた。

全身が強張《こわば》った。その震えている身体を、竜馬にしっかりと抱きかかえられた。

そのまま身体を引きずられ、ベッドの上で仰向《あおむ》けにされた。

――むり、むり、むりだってば。

入れたことないんだから、穴なんかそんな簡単に開かない。そんな気がした。

「観念せぇよ」

竜馬がその言動と同じように、威勢のいい大きな亀頭を、割れ目の上に置いた。

――男性器っ。

見た。身体を折って、男の亀頭が置かれた部分を見た。膣《ちつ》の穴と亀頭をどう見比べても、入るようには見えなかった。これは、針の穴に象を通すようなものだ。

「むりです。絶対にそんなの入りませんっ」

波留は膣穴を閉めた。

暴れると、そのまま、ずるっ、と亀頭が入ってきそうで怖かった。もちろん、入り口は閉じようと思っても、閉じられるものではなかった。

締めようとすると、奥だけが引き攣《つ》った。女の穴の中は、どうもそういう構造になっているようだった。

両脚が持ち上げられていく。臀部《でんぶ》がひっくり返るように、天井を向いていく。波留は金縛りにあったように何もできなかった。

──いやっ、ちょっと待てください。本当に処女なんですから。

胸の中では何度もそう叫んだが、声にはならなかった。声にすると挑発しているように思われそうで、怖い。

「わっ」

呻き声というよりも、驚愕の声をあげていた。

竜馬の亀頭が淫の穴をこじ開けて、侵入してきたのだ。

くいっ。そんな感じだった。

本当に入って来た。これが男の肉茎というものなのか……。

「わわわわ」

身体の中心に杭《くい》を打たれる思いだ。身体ごと左右に分けられるようでもある。

「わっ、むりです。あっ」

肉層が押しひろげられるのがわかった。両足の爪先がそっくり返った。

「あぁあああっ」

気が付けば断末魔のような声をあげさせられていた。

「色気のない声やなぁ。処女かて、ああんっ、とか、いやぁ、とかていうだろう」

竜馬にそういわれた。むりだっ。恐怖でしかないのだから、「わっ」とか「うわぁ」としか出てこない。

竜馬の顔がバストに落ちてきた。べろり、べろり、と左右の乳首を舐められる。これは気持ちよかった。なぜだかわからないが、乳首は感じた。

「んんんん」

甘やかな快感に、喘《あえ》ぎ声を漏らしてしまった。

「でるやん、そういう声や」

次の瞬間だった。竜馬が、腰を打ち込んで来た。ばんっ。そんな感じだった。

「あぁあああああ」

亀頭が、ずるずるずるっ、と膣の中に潜り込んできて、三分の二ぐらい入ったところで、パチンっ、と音がした。

「嘘っ」

思わず叫んだ。猛烈な痛みが、膣の奥からこみあげてきて、脳から抜けていくようだった。

「うわぁああああああああああああああああああ」

波留はありったけの声を上げた。自然に喉を突いて出てきた声だった。

「うるさいなぁ。もう、俺、処女ごっことかに付き合いきれんから、勝手に自分のペースでいくで」

竜馬はさらに肉茎を進めてきて、膣の奥をどんっ、と突いた。膣ドンだ。

「いやぁあああ。もうむりっ」

喉がひりつくほどに痛かった。不思議なもので、想像していたよりも膣のほうは痛くはなかった。

しかしこれは殉職に等しい。波留は古いテレビドラマで、主役の刑事が悪漢《あっかん》に撃たれて膝を折って天を仰ぐ姿を思い出していた。

私の処女膜、殉職。心の中で十字を切った。

「楽しみはこれからやん。もう演技はええで、楽しもう」

ぐいーんと男根を引き上げられた。張り出した鰓《えら》で、膣の柔らかい粘膜を逆に擦《こす》られた。同時に髪の毛が逆立つ思いだ。

「わわわわわわわ……」

もはや言葉にならなかった。

そのまま竜馬は腰を上げては打ち込んで来た。穴が攪乱《かくらん》されていく。痛みは徐々に消えたが、気持ちいいという、感覚はあまりなかった。

男と女の粘膜同士が擦れあって、膣中に泡が溜まっていく。ぬぽっ、ぬぽっ、と音がした。硬直していた波留の身体は次第に弛緩《しかん》して、気持ちも折れた。

生温かい海中に落ちていくような錯覚を覚えた。身体ごと深い深い底に落ちていく。

橋元マユミの声を聞いた。

「もうだめっ、早く抜いて」

波留は目を開けた。

エレベーターの扉が開いて、何人かが出てくる音がした、激しい殴り合いの音。

「朝野、待っていろよ。すぐに救出してやる」

松重の声のようだった。

廊下の左右からも人が集まって、揉《も》み合っている音が聞こえる。

救出されるのだ、と思った。同時にセックスしている最中を松重らに見られるかと思ったら、全身に鳥肌が立った。

「早くどいてくださいっ」

波留は腰を跳ね上げた。これがいけなかった。逆にグサッ、男根が刺さってしまった。

――おや？

不思議な快感がした。

――えっ？

橋元竜馬は、あきらかに警察が突入してきた音を聞きながらも、悠然と腰を振っていた。

とんでもないことをする男ではあったが、肝は据わっていた。

「竜馬、早くっ。ここを出るのよ」

橋元マユミがバスタオルを数枚とって、竜馬の背中にかけている。

前市長橋元竜馬は首を振っている。もういいよ、といいたげな首の振り方だった。

「大阪性都構想。ええ考えやと思ってたのにな。後世の人間が、歴史を振り返ったら、きっというに違いないわ。あのとき、大阪を香港《ホンコン》、マカオのような自由貿易都市に変えていたら、日本はもっと大きくなってたとな。無念やよ」

そういったまま、じゅっ、と射精した。この男の夢は精子として消えたみたいだった。

扉が開いて、真木洋子、松重豊幸、新垣唯子が飛び込んで来た。小栗順平がいないだけでも救いだった。

＊

「強姦罪《ごうかん》、現行犯逮捕します」

真木洋子が橋元竜馬に手錠をかけようとしていた。

「司法取引に応じるよ。わが党は、現内閣の憲法審議に、賛成派として応じる」

橋元竜馬がバスタオルを腰に巻きながらいっていた。

「警察庁は政治にかかわっていません。裁判所からの逮捕状も出ていませんが。これは現行犯ですから、行政官として、逮捕権を行使します」

真木洋子が毅然《きぜん》とした態度で、橋元竜馬の両手に、手錠をかけた。

「あなたは、売防法、並びに拉致監禁。さらに強姦ほう助で、逮捕します」

新垣唯子が橋元マユミに手錠をかけている。

警察庁の審議官だという五人の男たちが、ふたりを連行していった。

「どうしてここが……」

シャワーを終え、バスローブに身を包んで、三人の前に顔を出した波留は聞いた。

「小栗君がね、笛の成分を割り出して、熱を発信する透明シールを作ってくれたの。

それを相川君があなたの背中に貼ったのよ」

府警の取調室を出るときだ。そういえば背中を強く叩かれた気がする。

「私が若林さんから、聞きだして、行動すると見込んでいたんですね」

松重の顔を見ていった。

「まぁな。朝野がミニパトに乗ったところから、尾行していた」

「だったら、どうして、もっと早く救出してくれなかったんですか」

波留は、処女だったんですよ私、という言葉は、かろうじて飲み込んだ。

真木洋子が顔の前で手を合わせている。

「ごめん。どうしても、橋元竜馬の罪状が欲しかったの。現行犯じゃないと、引っ張れない事案だったでしょう。強姦の現場を押さえるしかなかったのよね」

「私、強姦要員だったんですか？」

波留は眉根を釣り上げた。

「私たちは性安課捜査員よ。身体を張って、悪を懲らしめるっ」

新垣唯子が笑顔でいっている。

波留は彼女が持参してくれたシャツとジーンズに着替えることにした。

廊下から相川将太の声がした。

「松重さん。いま神戸三十九分署の鶴田さんから、連絡入りました。キャナル号に令状取って踏み込んだそうです。拉致された女たち、保護したそうですよ。若林の娘さんも確保です」

「了解」

松重がいっている。

「鶴田さん、手柄を回してくれて、サンキューっていってました」

「ああ、神戸サンキュー署だから、そういっているんだろう」

波留が着替え終わると、扉が開けられた。相川の後方から、小栗、岡崎、上原も入ってくる。全員きちんとスーツを着ていた。

岡崎が真木洋子に敬礼した。

「後醍醐自動車前社長菱田三男が、完落ちしました。関東保守会議の朝霧建設と共に、兵庫風神会に不正を脅されていたために、売春組織の資金提供をしていたようです」

「で、警察庁の対応は」

真木が腕を組みながら聞いている。

「残念ながら伏せるようです。挙げるには、ややこしすぎるようです。日本経済の破たんにもつながるという事態ですから」

「まぁ、こっちも、身内が絡んでいるからね。ヤクザだけパクって、手打ちってことよね」

「おそらく。ただ、長官が性安課には、感謝しているという伝言が入っています。長官、これで総理の心証を相当よくしたみたいですから。威信の会、これで閣外協力間違いなしでしょう。財界にも大きな貸しを与えた……」

そこで真木洋子が咳払いをした。

「私、たったいま、警察庁は政治にかかわっていないと、宣言をしたばかりなんですけど」

「なにをいっているんです課長。長官は、次の総選挙に出る気ですよ。それに何人の警察ＯＢ議員がいると思っているんですか……」

「はい、その話は、そこまで」

真木洋子は、そこまでいって、くるりと波留のほうを向いた。波留は緊張した。

「私たちは任務を終了したので、次の任地へ向かいます」

性安課七人が、整列した。全員が波留に敬礼している。

「私は……どうなるのでしょう」

波留は聞いた。真木が真剣な眼差《まなざ》しを向けてきた。

「朝野波留巡査。警察庁直轄性活安全課の大阪覆面捜査官《アンダーコップ》を命じます。辞令は、この時点で発生します。本日より性安課は、警視庁ではなく警察庁の管轄となりました。よって、ここにいる全員、もちろん朝野波留も、国家公務員になります。ただし階級は巡査です」

眼が回るような話だった。波留はぽかんと口を開けながら聞いていた。

「あれれれ、俺たちも国家公務員になっちゃうの」

相川将太が新垣唯子の顔を覗き込みながら聞いている。

「そういうことみたい……国家公務員の巡査って聞いたことない……」

「さぁ、次の任務は横浜《よこはま》よ」

真木洋子が親指を立てた。

「ということで、朝野刑事、これ、いつも腕に嵌《は》めていてちょうだい。浪花八分署の人には、わからないようにね」

性安課のシークレットウォッチを渡された。

「建前では交通課に勤務ということになるけれど、いざとなったら、日本全国どこにでも来てもらうわ。いいわね、業務で何があるかわからないけれどね。それで、日本の治安が守れるんだから……」

真木に肩を叩かれた。クールだ。とてつもなくクールな話だ。

波留はかちっ、と足をそろえ、敬礼を返した。やりがいのある職務だ。

「なにがなんでも、大阪を売春から守ります」

「OK。あぁ、それとね。若林警部補だけど、たぶん、府内の他の署に移ることになると思うけど、咎《とが》めはないわ」

「本当ですか？」

波留は目頭が熱くなった。

「そりゃそうよ。上が全部隠蔽《いんぺい》するんだから、そうじゃなきゃ、辻褄《つじつま》が合わないじゃない」

真木はそれだけいうと、カツカツとハイヒールの音を鳴らして、エレベーターのほうへと歩いて行った。

波留がビルを出るとミニパトが待っていた。戸田恵里がその前に立っている。

「任務終了やそうやな」

「はい……」

波留は恵里の胸に飛び込んだ。

泣いた。涙がどんどん溢《あふ》れて止まらなかった。

処女じゃなくなったとか、そういうことではなかった。何だかわからない感動があった。警察ってすごい仕事だと思う。

「恵里先輩。うち、ずっとこの仕事やる。一生、警察の仕事をする」

波留は恵里の胸の中で、大声をあげて泣いた。これはダンサーなんかより、はるかにエンターテインメントな仕事だ。

この二週間で、波留はそれを教わった気がする。

「泣いたら、あかん。浪花の娘は、辛《つら》いことがあったら、タコ焼き食べて、いつでも、おしまいにするねん。もう夕方やし、道頓堀にでよか」

恵里に肩を抱かれて、ミニパトに乗り込んだ。

「せやな、先輩。うちまた花のミニパトパトガールや。道頓堀で、タコ焼き食べて、乾杯しましょ」

波留は涙をぬぐった。

前方に真木洋子と性安課のメンバーが夕陽《ゆうひ》に照らされながら、大阪府警の黒いワゴン車に乗り込んでいく姿が見えた。

全員が、颯爽《さっそう》として見えた。

（了）

本書は書き下ろしです。
本作品はフィクションであり、実在の個人・団体とはいっさい関係ありません。
（編集部）

実業之日本社文庫　最新刊

実業之日本社文庫　好評既刊

睦月影郎
淫ら上司　スポーツクラブは汗まみれ

超官能シリーズ第1弾！　断トツ人気作家が描く爽快エロス。スポーツジムの更衣室やプールで、上司や人妻など美女たちと……。

む2 1

睦月影郎
姫の秘めごと

山で孤独に暮らす十郎。彼のもとへ天から姫君が降ってきた！　やがて十郎は姫や周辺の美女たちと……。名匠が情感たっぷりに描く時代官能の傑作！

む2 2

睦月影郎
淫ら病棟

メガネ女医、可憐ナース、熟女看護師長、同級生の母、若妻などと検診台や秘密の病室で……。病院官能小説の名作が誕生！（解説・草凪 優）

む2 3

睦月影郎
時を駆ける処女

過去も未来も、美女だらけ！　江戸の武家娘、幕末の後家、明治の令嬢、戦時中の女学生と、濃密なめくるめく時間を……。渾身の著書500冊突破記念作品。

む2 4

睦月影郎
淫ら歯医者

新規開業した女性患者専用クリニックには、なぜか美女が集まる。可憐な歯科衛生士、巨乳の未亡人、アイドル美少女まで。著者初の歯医者官能、書き下ろし!!

む2 5

文日実
庫本業 さ33
　社之

処女《しょじょ》刑事《でか》　大阪《おおさか》バイブレーション

2016年10月15日　初版第1刷発行

著　者　沢里裕二《さわさとゆうじ》

発行者　岩野裕一
発行所　株式会社実業之日本社
〒153-0044　東京都目黒区大橋 1-5-1
クロスエアタワー8階
電話 [編集]03(6809)0473 [販売]03(6809)0495
ホームページ　http://www.j-n.co.jp/
DTP　株式会社ラッシュ
印刷所　大日本印刷株式会社
製本所　大日本印刷株式会社

フォーマットデザイン　鈴木正道(Suzuki Design)

ISBN978-4-408-55314-6（第二文芸）